AUSTRAL JUVENIL

D0445102

Título original:
Park's Quest

Diseño colección:
Miguel Ángel Pachéco

KATHERINE PATERSON
LA BUSQUEDA DE PARK

TRADUCCIÓN DE JUAN LUQUE
ILUSTRACIONES DE SHULA GOLDMAN

ESPASA CALPE, S.A. MADRID

Segunda edición

Primera edición: julio, 1989
Segunda edición: septiembre, 1993

Editor original: Lodestar Books, E. P. Dutton, Nueva York
© Katherine Paterson, 1988
© Ed. cast.: Espasa Calpe, S. A., Madrid, 1989
Depósito legal: M. 24.069—1993
ISBN 84—239—2816—0

Impreso en España/Printed in Spain
Impresión: Gaez, S. A.

Editorial Espasa Calpe, S. A.
Carretera de Irún, km. 12,200. 28049 Madrid

Katherine Paterson, la autora, nació en China
donde sus padres eran misioneros,
y pasó allí su infancia.
Estudió en China y Estados Unidos, graduándose
en el King College de Bristol, Tennessee.
Cursó estudios universitarios en Richmond y Nueva York.
Ha escrito muchos libros juveniles
que tratan de temas actuales
y que han sido traducidos a muchos idiomas.
Ha recibido dos veces la **Newbery Medal**
y otras dos el **National Book Award,**
los dos premios más importantes de Estados Unidos.
Actualmente vive con su marido
y sus cuatro hijos en Barre, Vermont.

Shula Goldman, la ilustradora, nació en Buenos Aires,
en 1947. A los diecisiete años comenzó la carrera
de Arquitectura, que cambió por el trabajo
en una empresa de artes gráficas.
Atraída por la ilustración, quiso ser
lo que ahora es: una ilustradora profesional
que ha dado forma, según su particular manera de ver,
a muchos personajes creados por autores tan diversos
como Mark Twain, Pedro Antonio de Alarcón
o Alberto Moravia, entre otros.
Le encanta leer, pasear e ir al cine.
En la actualidad vive en Sevilla.

Para
Kathryn Harris Morton
y para quienes se sientan a su mesa
—Tim, Eleanor, Hank, Anne, Irene
y
los dos Kenneth—,
cuyos nombres están escritos en
el Sitial Peligroso.

AGRADECIMIENTOS

Desearía expresar mi agradecimiento por su ayuda, consciente o inconsciente, a: Roger Lancelyn Green, Samuel Hutchins, Jean Little, Claire Mackay, Thomas Malory, Joanna Macy, Kathryn Morton, Alex y Joan Sarjeant, Mark Sassi, Mary Lee Settle, Dick Shaw, Rosemary Sutcliff, Raymond Thomas, Wolfram von Eschenbach, Cora y Florence Womeldorf, y, como siempre, a John Paterson.

La autora y el editor original desean agradecer sinceramente el permiso de reproducción de los epígrafes y el poema a las editoriales Dutton, Harper & Row y Harvard University Press.

«Volveremos a reunirnos», dijo Lanzarote,
intentando consolarlo.

«Algunos —contestó el rey—. Pero no será igual;
nunca volverá a ser igual...
Habremos cumplido nuestro propósito;
habremos abierto una franja de luz en las Tinieblas.
Merlín dijo que sería como si todas las cosas
se iluminaran con la gloria dorada del amanecer.
Pero después todo acabará.»

«Habremos creado tal resplandor que nos recordarán
los hombres al otro lado de las Tinieblas»,
dijo Lanzarote.

Rosemary Sutcliff, *The Sword and the Circle.*

Los nombres tienen un poder propio, una vida propia.
Incluso en los días más fríos, parecen cálidos al tacto.
Los jóvenes entregados a la tierra, levantándose de la tierra.
Se siente la sangre fluir de nuevo por sus venas.

Parece que todos tocan la piedra,
incluso quienes no conocieron a nadie
que hubiese combatido en Vietnam.
Los labios repiten el nombre una y otra vez,
y luego se acercan a besarlo. Los dedos recorren las letras.

Quizá, al tocar los nombres,
la gente renueva su fe en el amor y en la vida;
o quizá comprenden mejor el sacrificio y la tristeza.

«Estamos contigo —dicen—. Nunca te olvidaremos.»

Joel L. Swerdlow, *To Heal a Nation.*

1

Parkington Waddell Broughton Quinto

Distraídamente, se echó el trapo de secar los platos sobre el hombro. Después asió un escudo invisible con la mano izquierda y, blandiendo el cucharón en la derecha, se volvió lentamente y apuntó al corazón de la nevera y continuó jugando a los Caballeros de la Tabla Redonda.

—¡Bah! ¡Sois un villano! —exclamó la dama irritada—. No sois sino un mozo de cocina que apesta a ajo y a grasa. ¿Cómo osáis aspirar a ser mi caballero? ¡Desmontad, estúpido, y apartaos de mi camino si no queréis que el Caballero Negro os ensarte en su lanza y os ase en el fuego eterno!

El intrépido Gareth ignoró los consejos de la dama, bajó la lanza y se dirigió a galope al encuentro del Caballero Negro.

Los cascos del caballo, cual ángel vengador en pleno vuelo, parecían volar sobre la tierra; la lanza de su oponente se hizo astillas. El Caballero Negro cayó pesadamente a tierra. El noble Gareth desmontó y, alzando la espada...

—¡Pork!*

Sus sesenta y dos kilos cayeron pesadamente, y los platos tintinearon en el fregadero.

—¿Qué demonios...?

Se volvió lentamente a mirar a la dama arrogante. ¿No fue ella quien se arrodilló ante el rey y le pidió que enviara a un caballero a matar al villano? Y el noble Arturo lo eligió a él para afrontar el reto y lo sacó de las cocinas de Camelot, donde había prestado un año de humilde servicio. Gareth apartó la vista de la expresión de desprecio de la dama y levantó la espada sobre el enemigo caído.

—¡Suplicad clemencia, malvado!

Su madre suspiró.

—Haz el favor de no dar saltos aquí dentro, ¿quieres? Ese cucharón —dijo, quitándoselo de las manos— no es una espada.

_____

* En inglés cerdo.

Park sonrió con desgana. Tenían casi la misma estatura.

—¿A qué juegas? ¿Al baloncesto?

Al baloncesto. ¡Ay!, debía ocultar su verdadera identidad a las damas ingratas. ¡Cómo se mortificaría si supiera que aquel a quien insulta es, en verdad, hijo del rey de Orkney y sobrino del mismísimo Arturo!

—En verdad, sois un patán...

—Yuju, Pork. Que te está hablando tu madre. Acaba de recoger los platos y ponte a hacer los deberes —Randy sacó la sopera vacía del fregadero y se puso a frotarla con el estropajo de aluminio—. Yuju. ¿Me estás oyendo?

Park se volvió e hizo una ligera reverencia.

—Estoy a vuestras órdenes —murmuró—. Y a las del rey.

Sin más palabras, despojó al caballero de su negra armadura y se la vistió. A partir de ahora, nadie lo tomaría por un mozo de cocina. Estaba preparado para afrontar los malignos encantamientos que urdiera la perversa reina Morgana le Fay. Volvió a montar y ordenó al enano que lo siguiera.

Park colgó el trapo y, con un diestro movimiento, salió de la minúscula cocina, conectó el televisor y se dejó caer en el sofá de la sala.

—¡Pork!

Quizá, si no respondía, dejaría de llamarlo por su apodo infantil.

Su madre asomó la cabeza por la puerta de la habitación.

—Nada de televisión hasta que hayas hecho las tareas, amigo.

—Hoy es fiesta —murmuró.

—¿Cómo?

Park no le respondió. En las noticias se veía a una multitud que se concentraba en la ciudad. Washington estaba atestado de excombatientes. Hombres que vestían todo tipo de uniformes más o menos desgastados. Una periodista rubia entrevistaba a un hombre que llevaba un mono raído con el pecho lleno de medallas. La cámara se movió ligeramente para mostrar su pelo, recogido en una coleta que le llegaba a mitad de la espalda. Era extraño.

—¿Pork?

Randy había salido de la cocina y estaba apoyada contra el marco de la puerta, con la cacerola y el estropajo de aluminio en las manos, mirando la televisión.

—¿Has visto eso, mamá? Hay millones de personas. De todo el país.

—Ya veo.

Park se aclaró la garganta y, sin mirarla, le preguntó en un tono estudiadamente despreocupado:

—¿Por qué no vamos mañana tú y yo?

—No —le contestó ella con frialdad, después añadió en un tono más afectuoso—: Tengo que trabajar.

—¿El día de los excombatientes?

Randy hizo un ademán hacia la televisión con el estropajo de aluminio.

—Thalhimers espera sacarles algún dinero.

—Sí, bueno —Park siguió sin mirarla a los ojos—. ¿Y si voy yo solo?

—No.

Entonces la miró directamente. Los ojos de Randy se movieron inquietos. Park comprendió que buscaba un motivo a toda prisa.

—¿Con toda esa gente? Lo verás mucho mejor en la televisión —a Randy comenzaba a gustarle su excusa—. ¿Recuerdas cuando intentamos ir a la inauguración? Dijimos que sería la última vez. ¿Recuerdas?

—Esto es distinto. No era un homenaje a mi padre.

Ya estaba, ya lo había dicho. Claramente. Para que se enterara.

Su madre se acercó y apagó el televisor.

—Es peligroso. Estaría preocupada todo el día. —se volvió a la cocina sin mirarlo—. Haz las tareas —dijo dándole una palmadita al pasar a su lado.

—Hoy es fiesta, mamá, ya te lo he dicho.

Randy se metió en la cocina. Park oyó vaciarse el

agua sucia de lavar los platos y se la imaginó frotando el fregadero y la mesa, los nudillos blancos por el esfuerzo. La verdad era que, por mucho que lo frotase, nunca parecía limpio.

—¡Mamá! —la llamó por encima del hombro—. ¿Cuándo me vio?

—¿Quién?

—Papá. ¿Me vio alguna vez?

—Pues claro que te vio —parecía impaciente—. Tenías tres o cuatro meses cuando regresó. ¿Cuántas veces tengo que decírtelo?

—¿Y?

—¿Cómo que «y»?

—¿Qué pensó?

—Ya te lo he dicho. Dijo que te parecías mucho a Porky, el cerdito.

No le parecía justo que prácticamente la única herencia que había recibido de su padre fuese un apodo que despreciaba.

—Me gustaría que dejases de llamarme Pork.

Se produjo una vacilación.

—¿No querrás que vaya por ahí llamándote Parkington Waddell Broughton Quinto, verdad?

—¿Por qué no me llamas Park como todo el mundo?

Otra pausa.

—Porque ése era *su* nombre.

Park se levantó y se dirigió a la cocina. Ya tenía once años. Su madre no podía seguir evitando sus preguntas con la excusa de que era muy joven para entenderlo. Randy tenía la cabeza metida en la nevera, así que Park se vio hablándole a su espalda. Tampoco se detendría por eso.

—Si papá estaba en Vietnam cuando yo nací y me vio después, ¿cómo es posible que lo mataran allí? —preguntó—. No lo entiendo. —esperó un minuto, pero la espalda no le respondió—. La gente sólo servía en Vietnam un año. Eso lo sabe todo el mundo. ¿Cómo es que papá...?

Su madre se enderezó bruscamente.

—¿*Por qué* tienes la manía de dejar en la nevera los cartones de leche vacíos? Creo que tenemos leche y... —se volvió hacia él acusadoramente, agitándole el cartón frente a la cara—. No queda leche para desayunar. Me parece que ya eres mayorcito para...

¡Ya estaba cambiando de tema!

Park cogió el cartón y lo lanzó al cubo de basura. Falló. ¡Vaya jugador de baloncesto! Cruzó la cocina de un paso y metió el cartón en el cubo.

—Iré a comprar —dijo.

Su madre cogió el bolso y le dio un dólar. Ahora sonreía. Park advirtió que ya estaba más tranquila, contenta de haber evitado el tema con tanta facilidad.

—Toma —dijo—, para un litro de leche desnatada. No me gusta comprarla en Jordan's porque es mucho más cara que en el Giant.

—Ten cuidado. Vuelve en seguida. Enciende la luz de la bicicleta.

Sus consejos lo siguieron mientras bajaba los tres tramos de escalera. Le quitó el candado a la bicicleta en el vestíbulo y la empujó escalones abajo hasta la calle.

Se detuvo a respirar hondo antes de montar. Hacía frío, pero era un día seco y de atmósfera limpia. Alguien quemaba hojas secas. Le encantaba aquel aroma y el hecho de que alguien ignorara las ordenanzas que prohibían las hogueras. ¿Qué se suponía que debían hacer si vivían en calles alineadas con enormes robles que enterraban al vecindario bajo oleadas de crujientes hojas marrones?

—Oye, chaval —un automóvil se detuvo bajo una farola en la acera de enfrente. Park se hizo el sordo. Un hombre sacó la cabeza por la ventanilla—. ¡Oye! ¿Nos puedes decir cómo llegar a la iglesia presbiteriana?

El coche parecía lleno de cabezas, pero los ocupantes no debían ser muy peligrosos si preguntaban la dirección de una iglesia. El conductor sonrió, y la insignia metálica que llevaba en el hombro brilló con la luz de la farola.

—Se ha saltado la desviación —le contestó Park—. Es por allí atrás. La primera a la derecha. Sólo queda a un par de manzanas. No tiene pérdida.

Se oyeron unas carcajadas en el coche.

—¿Habéis oído? No tiene pérdida.

—Pero no creo que haya nadie a estas horas de la noche.

—Prometieron esperarnos. Van a dejarnos dormir a unos cuantos en el gimnasio.

«Excombatientes que vienen a la celebración», pensó Park y sintió un estremecimiento de emoción. El conductor estaba dando la vuelta.

—Gracias —exclamó.

Park quería que lo supieran. Necesitaba decírselo a alguien que le importase.

—¡Eh! —los llamó—. Mi padre estuvo en Vietnam.

El coche había dado la vuelta y se encontraba a su lado.

—¡Qué bien! —dijo el hombre sentado en el asiento junto al conductor.

El conductor se inclinó hacia adelante para hablar desde el otro lado.

—¿Te llevará mañana?

—No puede —respondió Park con solemnidad para que comprendiesen.

—Lo siento, tío —se compadeció el conductor.

—¿Irás tú entonces?

—Claro —Park sonrió—. Sí, quizá.

Se montó en la bicicleta y pedaleó calle abajo. Los excombatientes hicieron sonar la bocina al desaparecer por la esquina. Park agitó la mano en alto para que lo vieran por el espejo retrovisor.

Cuando regresó a casa, ya lo había decidido. Conseguiría que su madre le hablase de su padre, del difunto Parkington Waddell Broughton, IV. En los documentos, la palabra *difunto* iba siempre unida al nombre, como los números romanos.

—En verdad no ha muerto. Morgana le Fay lo ha hechizado, y durante todos estos años yace, como si durmiera, en un castillo oculto en las profundidades del bosque, donde nunca llega el sol. Pero a vos se os ha encomendado la misión de encontrar el castillo maldito y plantar batalla al pérfido encantamiento. A vos, su único hijo. Aunque los peligros son incontables...

Desechó toda idea de peligro. Debía ir. Por el bien de su padre y de la dama.

Park subió los escalones de dos en dos, blandiendo el cartón de leche como un hacha de guerra. Introdujo la llave en la cerradura y abrió la puerta con ímpetu.

—¡Mamá!

No la veía por ningún lugar. Por un momento sintió pánico, como cuando era pequeño y se perdía entre la multitud del centro comercial.

—¡Mamá!

—Estoy aquí.

Siguió la voz hasta el dormitorio. Estaba sentada

en el borde de la cama, de espaldas a la puerta, a oscuras.

Park encendió la luz.

—¿Qué ocurre? ¿Por qué no enciendes la luz?

—¿Has guardado la leche? —le preguntó ella con voz apagada.

Park dejó el cartón en la nevera y regresó a la puerta del dormitorio.

—¿Quieres que haga algo?

Deseaba entrar y mirarla cara a cara, pero algo lo contuvo en el umbral.

—No. Gracias. Creo que me acostaré temprano.

—Mamá —le dijo en el tono más comedido que pudo adoptar—, con respecto a papá...

—Oh, Pork —se lamentó ella—. Por favor, no me hagas volver siempre a lo mismo.

¿Volver a qué?

—Sólo quería saber...

Se calló. ¿Sólo quería saber qué? Lo quería saber todo. Eso es. ¿Cómo empezaba?

En el apartamento de enfrente, el señor Campanelli le gritaba algo a su mujer sorda. Tres tramos de escalera más abajo, en la calle, se oyó una bocina. ¡Si conociera la pregunta clave, la que le abriera el camino a las demás...!

—En otra ocasión, ¿de acuerdo? —su madre se había vuelto y tenía la boca torcida en una especie de sonrisa—. ¿Quieres que te ayude con la cama-mueble?

Park negó con un gesto. Aún no eran las ocho, pero de todos modos abrió el sofá-cama, sacó las mantas del armario y se hizo la cama... o la hizo tan bien como cuando su madre no lo supervisaba, recitando las virtudes de una cama bien hecha y asegurándose de que las sábanas estaban bien metidas bajo el colchón.

Incluso encendió el televisor y puso el volumen muy bajo, aunque no lo miró. Ni siquiera soñaba que estaba arrodillado frente al rey Arturo o que rescataba a una dama de las fauces de un dragón.

Estaba tumbado en la cama rememorando la escena con su madre. ¿Qué debería haber dicho? ¿Debería habérselo dicho justo al principio, cuando le habló de ir al homenaje? ¿Qué derecho tenía su madre a decidir por él? Lo decidía todo. «En otra ocasión, ¿de acuerdo?» ¿En qué otra ocasión? Hacía mucho tiempo que no le hablaba de su padre. Park quería saber cómo y por qué había muerto..., incluso cuándo. Defunción: 22 de enero de 1973. Parecía claro hasta que se pensaba en las zonas horarias. ¿Habría sido un día distinto en Estados Unidos o ya lo tuvieron en cuenta cuando fijaron la fecha? Necesitaba saber los pequeños detalles insignificantes como aquel.

Por no hablar de asuntos mayores. Por ejemplo, si él, Park, era Parkington Waddell Broughton Quinto, entonces tendría que haber habido no sólo un cuarto (fallecido), sino un tercero, un segundo y un primero. Había, o hubo, en algún lugar una familia que apreciaba tanto aquel horrible nombre que sus miembros llamaban así a sus hijos, y éstos, a su vez, aunque llegaban a odiarlo, no dudaban en ponérselo a sus descendientes, a pesar de que era tan largo que no cabía en los formularios del colegio.

Parkington Waddell Broughton III quizá viviera aún. Park se estremeció al pensarlo. Podía tener en algún lugar un abuelo con su mismo nombre. ¿Por qué no lo sabía? ¿No querría un hombre permanecer unido a sus propios descendientes?

Park se llevó las manos a la nuca y estiró las piernas. La cama era pequeña, y casi se le salían los pies cuando se daba la vuelta y se estiraba. Ya no era un niño..., su madre no debería tratarlo como lo había tratado aquella noche. Estaba creciendo. No podría retenerlo en los estrechos límites de su vida mucho más tiempo. Tendría que obligarla a hablarle de su padre..., de la familia de su padre. Pero, ¿cómo? ¿Cómo soportaría que su bello rostro se pusiera viejo y feo por el recuerdo?

—Mujer, ha llegado la hora —ella se alejó y se hundió en las sombras de la caverna—. No —dijo con firmeza—. El rey me ha enviado para salvaros. Decidme lo que necesito saber y romperé el hechizo que mantiene esclavizado a vuestro reino. Pues si no lo hacéis...

La mujer comenzó a sollozar.

—¿Cómo podría deciros, noble señor, la palabra que pondrá vuestra vida en peligro?

—Decídmela —exigió—, aunque sea mi muerte.

Ella se dio la vuelta y extendió las manos en un gesto de rendición.

—Como queráis. Oíd…

Pero Park no oyó nada. La mujer había desaparecido. Jamás conocería el secreto que tanto ansiaba desvelar. Se levantó y apagó el televisor y la luz.

No. Se sentó en la cama. Lo sabría. Averiguaría todo acerca de su padre. Tenía que hacerlo. Por mucho que dijera su madre.

2

El corazón de las tinieblas

En cuanto su madre se fue a trabajar, Park corrió a la pequeña cómoda de la sala donde guardaba la ropa y cogió una taza metálica del cajón superior. Vació su contenido en el sofá y apartó a un lado los clavos, los tornillos y las chapas. Sesenta y ocho centavos, cuarenta y ocho en calderilla. Si iba al supermercado 7-Eleven a cambiar la calderilla por monedas más grandes, podría llegar al centro, aunque no tuviese para la vuelta. ¡Qué diablos! Pediría en la boca del metro. Había gente que recorría las estaciones pidiendo dinero. O regresaría andando. No debía de haber mucho más de ocho kilómetros. Quizá incluso se encontrara a los tipos de la noche anterior o a algún conocido. Se estaba poniendo la chaqueta cuando sonó el teléfono. En cuanto lo cogió supo que debería haberlo dejado sonar.

—¿Pork? —era su madre—. ¿Estás bien?

Estaba controlándolo. Sabía que podía estar

pensando en ir él solo. Se aseguraba de que no se atrevería a salir de aquel estúpido apartamento. Park murmuró la promesa que le exigía su madre y colgó. Sin quitarse la chaqueta, conectó el televisor y se desplomó en el sofá.

En la Catedral Nacional unas personas leían los nombres de los caídos en Vietnam... Llevaban hora tras hora leyendo nombres. Ya habían pasado la B hacía tiempo, pero Park escuchó mientras duró la escena, como si esperase que el hombre que leía supiera de algún modo que él acababa de encender el televisor y le leyese el nombre de su padre para que lo oyera. Aguzó el oído, pero la voz del comentarista se superpuso pronto a la del lector, y cuando se volvieron a dejar que los nombres se alzaran como la música en la nave de la catedral, el de su padre no estaba entre ellos.

—He de hallar el Castillo Verde, o seré un cobarde y no un verdadero caballero.

—Ah, mi señor, entonces tenéis la muerte en vuestras manos, pues muchos hombres marcharon a ese lugar maldito y ninguno ha regresado.

Sir Gawain se internó por el oscuro sendero en el valle de la desesperación, pues había jurado ir aquel día al Castillo Verde y presentarse ante el Caballero Verde, quien allí le esperaba. Mientras cabalgaba, oyó el sonido de la temida hacha al ser afilada contra la piedra...

A pesar de lo mucho que soñaba, Park nunca se había atrevido a soñar demasiado con su padre. Quizá había temido hacerlo, pero ahora reconoció que el nudo que sentía en el estómago era de nostalgia. En aquel momento lo que más deseaba era conocer al hombre cuyo nombre llevaba.

Sólo había visto una fotografía de su padre, y fue porque un día se la encontró dentro de un libro. Se acercó a la librería y cogió el volumen de poemas que escondía aquel rostro sonriente, casi travieso. Estudió los rasgos del rostro para encontrar parecido con los suyos. Se entristeció. Su propio rostro era redondo y amorfo, el de un niño demasiado crecido para su edad. El rostro que le sonreía desde la foto era enjuto y fuerte. Park no podía encontrar parecido alguno. La foto era en blanco y negro, de modo que tampoco pudo comprobar si los colores coincidían, pero temía que tampoco fueran iguales. Él tenía los ojos de un azul claro, y el cabello tan rubio que parecía blanco. Los ojos del hombre de la fotografía parecían negros, y el cabello negro y encrespado. Park también tenía el cabello encrespado. No era como el de su madre, que le caía en bucles alrededor de su pequeño rostro de muñeca.

Su padre tenía una nariz fuerte y recta, como la de un ídolo del cine, no pequeña y respingona

como la suya. Y no usaba gafas. Quienes usan gafas no pueden pilotar cazabombarderos.

Park suspiró y dejó la fotografía en su sitio, pero, al hacerlo, la nostalgia le impulsó a fijarse en las páginas entre las que la había hallado. Su madre leía mucho, pero nunca la había visto coger aquel libro de la librería de la sala. De hecho, los únicos libros que leía, además de los muchos que sacaba de la biblioteca, eran los que tenía en una pequeña estantería en su dormitorio.

> *Si todas las penas que voy a sentir*
> *sobrevinieran hoy,*
> *creo que riendo se alejarían*
> *de lo feliz que soy.*

¿Cuándo había sido él feliz? Desde luego, no imaginaba que su madre hubiera sido tan feliz. Continuó leyendo:

> *Si todas las alegrías que voy a sentir*
> *sobrevinieran hoy,*
> *no serían tan intensas*
> *como la que siento ahora.*

Junto a la palabra «hoy» de la segunda estrofa había garabateada una fecha: 23/6/70. ¿Fue ese el día que se casaron sus padres? Debería saber cuándo era el aniversario de boda de sus padres.

Miró el siguiente poema. Quizá los secretos se encontraran ocultos entre las páginas de aquel libro.

Mi vida se extinguió dos veces antes de la muerte...
y aún está por ver
si la inmortalidad me depara
un nuevo acontecer
tan inmenso, tan imposible de concebir
como los dos pasados.
El inicio del camino es lo que conocemos del cielo
y lo que en el infierno anhelamos.

De repente, sintió como si hubiese caído en un pozo oscuro, donde no llegaba la luz. ¿Qué poema señalaba la fotografía?

En el segundo poema no había fecha ni palabras escritas, pero... Park se acercó a la lámpara y encendió la luz. Se alzó las gafas y se acercó el libro a los ojos. Sí, la página estaba arrugada, como si..., como si... Vio a Randy llorando sobre el libro, emborronando las palabras. Rara vez la había visto llorar, pero al mirar aquella página la vio con tanta claridad como si fuera uno de sus sueños, los ojos enrojecidos, la cara hinchada.

¿Qué conclusión debía sacar de aquellos poemas, uno detrás del otro? El primero vibraba con una alegría exuberante, el segundo estaba cargado de dolor. Y la fotografía de su padre los marcaba. Debía tener un significado, como la espada gigante clavada en el yunque, pero él no poseía la fuerza ni la magia para descubrirlo.

Volvió a mirar la hoja de guarda del libro. En

una esquina se veía la palabra *Broughton* escrita en letra grande y suelta. El libro debió ser de su padre. Fue su padre quien debió escribir aquella fecha en la página 314. Pero no fue él quien lloró sobre la página siguiente, de eso estaba seguro.

Aquellos libros. ¡Qué estúpido era! Aquellos libros debían haber sido de su padre. ¿Por qué no se le había ocurrido antes? Eran los libros que Randy nunca tocaba, y eso que le gustaban los libros. Y él..., él había contemplado sus lomos millones de veces. Incluso había cogido uno o dos para ver si encontraba algo que le apeteciese leer, pero le parecieron mediocres y aburridos. Nunca los consideró un lazo vivo con su padre. Sólo el libro de poemas, y fue por haber hallado dentro su fotografía, no por el libro en sí.

Los libros te dicen cosas de las personas que los leen. Naturalmente. La señora Winslow, la bibliotecaria del colegio, lo llamaba de vez en cuando y le decía: «Me parece que tengo un libro que te gustará», y casi siempre tenía razón. Nunca presumía de ello; sin embargo, sabía lo que le gustaba y lo que no le gustaba a él. Park odiaba los libros de máquinas y ordenadores. Incluso en la escuela primaria, odiaba los dinosaurios y le encantaban los dragones. Aborrecía los libros de divulgación tanto como las novelas babosas sobre chicos que no hacían sino lamentarse de sus problemas. Ya había suficientes problemas en la vida como para tener que preocuparse por las tonterías de los demás.

No, la señora Winslow le daba dragones y castillos y todas las historias del rey Arturo que encontraba. Tampoco criticaba los gustos de cada uno. Mientras le daba a Sheila Clark un libro estúpido llamado *Conoce al señor Átomo* con la mano izquierda, le daba a él *La espada y el círculo* con la derecha. Pero el caso era que la señora Winslow sabía cómo eras por los libros que leías. Si leía los libros de su padre, ¿no llegaría a conocerlo tan bien como la señora Winslow lo conocía a él?

Park eligió el libro más grande y grueso, tan voluminoso que se encontraba con el lomo hacia arriba en el estante inferior. Si leía aquel libro primero, el resto le parecería más fácil. Obtuvo una recompensa inmediata. En la primera página del libro había una dedicatoria: «Feliz cumpleaños, Park. 4 de agosto de 1960. Ya puedes leer a Conrad. Tu padre».

Se estremeció. El padre de su padre. Randy no hablaba de la familia de su padre, ni siquiera de la suya. Oh, sí, de vez en cuando hablaba de la abuela, que había muerto, y del abuelo y su esposa, con quienes nunca se llevó bien. Por parte de su padre, simplemente había una pared. Nada. Naturalmente, Park sabía que su padre debía haber tenido unos padres. Quizá hermanos y hermanas. Randy tenía una hermanastra. Park la había visto en una ocasión. Todo lo que recordaba de ella era que llevaba un montón de maquillaje verde en los ojos.

Y allí, de repente, estaba su padre. Le gustaba la letra. Era grande y masculina, y le recordaba la letra con que habían escrito Broughton en el libro de poesía.

Pasó la página. El autor se llamaba Conrad. El libro era una colección de relatos. El primero se llamaba «Juventud», y en la parte superior de la página había un dibujo de un hombre en la cubierta de lo que parecía ser un remolcador, contemplando un barco que se hacía a la mar. Historias de marinos. Cuando su padre tenía… ¿Cómo iba a saber la edad de su padre si ni siquiera sabía cuándo había nacido? En fin, cuando su padre era un chaval, su padre (Parkington Waddell Broughton III) le había regalado un libro de historias de marinos. Por una fracción de segundo deseó que hubieran sido de la Tabla Redonda, pero sólo por una fracción de segundo. No podía pedir que su padre fuera igual que él, y al menos eran historias de aventuras.

Antes de comenzar a leer, hizo una promesa. Con la mano sobre la fotografía de su padre, en la página abierta del libro de poemas, juró leer sus libros, y después, cuando se ganara aquel derecho, iría a visitar el monumento y buscaría su nombre.

Aquello fue en noviembre. Todo el mes de diciembre y parte de enero estuvieron marcados por las extrañas historias de Conrad. Park sólo las leía cuando su madre no estaba en casa. Temía que lo sorprendiera leyendo los libros de su padre, aquellas historias enigmáticas y cautivadoras que le hacían adentrarse en un bosque cerrado donde no lograba hallar el camino. Pero tenía que seguir leyendo; no entender las historias, que realmente quedaban lejos de su comprensión, sino buscar un sendero en aquel bosque que le condujera al lugar encantado donde su padre y, quizá, su abuelo habían sido hechizados.

Leyó *El corazón de las tinieblas* y, con un estremecimiento, recordó aquel día de invierno, hacía un par de años, que su madre lo metió en el coche y lo llevó a la costa de Delaware sin dirigirle una sola palabra en todo el camino. Cuando al fin llegaron a Bethany Beach, había hectáreas de aparcamientos en los que apenas si se veía un coche, y mucho menos una persona. Las gaviotas volaban en círculos y se lanzaban en picado lanzando penetrantes graznidos de hambre. Su madre lo cogió de la mano como si tuviera cinco años y se dirigió a la playa. El frío aire salado le hirió las fosas nasales, y las zapatillas de deporte se le hundieron en la arena húmeda, por lo que fue dando traspiés mientras su madre tiraba de él sin mirarlo, con los ojos clavados en la airada y blanca espuma que rugía hasta desaparecer en la arena. Una pequeña barca se balanceaba sobre las olas. Park temía que se hundiera. Quería decirlo, pero no podía hablar. Veía algo en el rostro de su madre que se lo impedía. Finalmente, ella se dio la vuelta y regresó al coche, levantando a una bandada de gaviotas que se disputaban un pez muerto.

Randy no habló hasta que no estuvieron cerca de Washington. Se detuvo en un McDonald's y le preguntó si tenía hambre. Cuando Park le dijo que sí, lo llevó dentro y pidió una hamburguesa y un batido para él y una taza de café para ella. Park quería patatas fritas —ella siempre las pedía—, pero no fue capaz de decírselo. Su madre tenía el rostro blanco como el plástico de la máquina de bebidas, y le temblaron las manos al levantar la taza y ocultarlo tras ella.

Al día siguiente volvió a ser la de siempre. Nunca hablaron de aquel día ni regresaron a aquella playa.

Park pensó que Conrad se parecía a aquel día. Eran muchas cosas las que no entendía, muchas cosas las que Conrad se negaba a decirle, y sin embargo el poder de la historia latía en su interior como una pena demasiado intensa para expresarla con palabras…, como el graznido de una gaviota hambrienta en el cielo invernal.

Desde aquel día miró a su madre de otro modo. Era más joven que muchas madres de sus compañeros de colegio. Era esbelta como una modelo, y el cabello rubio le caía en suaves rizos alrededor de la cara. Sus ojos eran de un azul claro, y su piel blanca y suave, con un lunar bajo el rabillo del ojo izquierdo. Si no se la conocía, sólo se vería en ella a una rubia atractiva. Pero de vez en cuando Park atisbaba algo que se ocultaba en su interior..., algo que lo atemorizaba.

Ella nunca le pegaba. Casi nunca le alzaba la voz. Nadie podía decir que no era una buena madre. Muchos días, la mayoría de los días, era agradable y divertido vivir con ella. Pero tras su buen humor existía aquella frialdad, aquella oscuridad, aquel corazón de las tinieblas que Park no comprendía. Tenía algo que ver con su padre, de eso estaba seguro ahora. Pero su padre había muerto hacía diez años. ¿Cuánto tiempo se suponía que debía lamentarse una persona?

Otras mujeres perdían a sus maridos y lo superaban. El padre de Greg Henning había muerto. Su mujer lloró durante tres o cuatro meses, después se lavó la cara y siguió viviendo su vida. En septiembre volvió a casarse, y Greg decía que estaba más contenta que unas pascuas. El padre de Park llevaba muerto diez años, y Randy ni siquiera había tenido una cita con nadie. Era mucho más atractiva que la madre de Greg..., y también más lista. La madre de Greg era como el algodón dulce, toda ella una masa rosada y endeble. En su interior no había nada que te pudiera consolar o atemorizar.

Un sábado del verano anterior, en la lavandería, Park observó que un hombre contemplaba el pequeño trasero de su madre cuando estaba inclinada sobre la secadora. El hombre sonreía de una manera amistosa…, quizá un poco fresca, pero no para sentirte ofendido. Aún sonreía cuando Randy se enderezó y se dio la vuelta. El hombre abrió la boca. Estuvo a punto de decir algo, de intentar entablar conversación, pero una mirada al rostro de Randy le bastó para cambiar de opinión y comenzar a doblar su ropa interior como si fuera la cosa más importante del mundo.

Ella amaba a Park. Él lo sabía. Cuando era pequeño, le solía leer. Park se metía en su cama y se sentaba cerca de ella, oliendo el aroma fresco de su jabón perfumado, tocándole el brazo de piel blanca y el cabello, tan rubio que casi parecía invisible. A Park le gustaba soplarle en el pelo para que ella soltara una risita a modo de protesta. Por regla general no era muy risueña.

Con voz suave, que aún conservaba un ligero acento de su Texas natal, le leía poemas infantiles, cuentos de hadas y centenares de libros ilustrados que sacaban de la biblioteca todos los sábados. Algunas veces las historias eran divertidas, y se reían juntos. Una vez, cuando le leía una historia de *El osito Winnie,* ella sufrió un ataque de risa histérica por lo que iba a suceder y no pudo seguir leyendo. «Mamá, mamá —le gritaba Park, tirándole de la manga de la bata—, ¿qué te hace tanta gracia?» Y ella se esforzaba en decirle lo que seguía a continuación, pero cuando intentaba hablar, las palabras le salían entre gritos y carcajadas, y él no la entendía, así que no le quedó más remedio que acabar riéndose también.

Como no era necesario, su madre ya no le leía. Park lo echaba mucho de menos.

Entre noviembre y diciembre, Park leyó más de lo que había leído el resto de su vida. Cuando su madre estaba durmiendo o trabajando, cogía un libro de la librería de la sala. No pudo leer todas las historias de Conrad de una vez. Entre aquellas historias densas y difíciles, devoraba historias de detectives y mordisqueaba narraciones modernas que le impulsaban a decirles a los personajes que alcanzaran la madurez y dejaran de quejarse. Le inquietó que su padre hubiera leído aquellos libros. Su padre fue un guerrero, no un quejica.

Siempre volvía a Conrad. ¡Qué densa era cada página! A veces, dejaba de leer y escapaba al libro de poesía, a sus versos limpios y fáciles con grandes espacios en blanco para respirar. Simplemente se quedaba sentado, sin leer, mirando aquellos espacios para descansar de la oscuridad.

Llegó febrero. Park había, al menos, hojeado todos los libros de aquellas tres estrechas estanterías. Esperó a que su madre tuviera el horario de fin de semana y, el primer sábado, cuando ella se marchó a trabajar, sacó el plano del metro y trazó la mejor ruta al monumento. Su voto de servidumbre estaba cumplido. Estaba preparado para emprender su propia aventura.

Se preparó un *sandwich* de mantequilla de cacahuete y jalea. No había mucho que elegir cuando Randy trabajaba los fines de semana. Se puso el anorak y se dirigió a la parada del tren. El sol estaba alto y calentaba. Era un falso día de primavera. Sólo cuando se levantaba el viento y le helaba las orejas y las mejillas recordaba que aún era invierno.

El sábado había menos trenes, así que esperó de pie bajo el techado del andén con la cara vuelta al sol. Cerró los ojos para protegerse de la luminosidad y sintió un pequeño aleteo de excitación en su interior. «Hoy voy a conocer a mi padre», decía. Lo vio acercarse, alto, erguido, vistiendo el uniforme azul con las alas plateadas sobre el bolsillo izquierdo. Llevaba la gorra de aviador torcida, pero se la quitó y la sostuvo en la mano, abriendo los brazos e inclinándose hacia delante, esperando que Park se le acercara corriendo como un crío...

Aquello no era cierto. Su padre estaba muerto.

3

La piedra negra

Sentía no haberse puesto la gorra. Su madre siempre iba tras él para que se pusiera algo en la cabeza, por lo que aún se le hacía más difícil tener que ir al ropero, coger la gorra de la percha y ponérsela. Hoy su madre estaba trabajando y no sabría si se la ponía o no, pero el hábito de resistirse era demasiado fuerte. No se le había ocurrido que en el llano vacío que existe entre el monumento a Washington y el Lincoln Memorial le hubiera gustado tener algo con lo que protegerse del viento que le mordía las orejas hasta hacerlas palpitar. La montura metálica de las lentes se le pegaba como el hielo a ambos lados de la cabeza.

También le dolían los ojos por el esfuerzo de buscar lo que había ido a ver. No lo veía por ningún lugar. El tipo del metro le había dicho que estaba algo más allá del monumento a Washington, pero sólo se veía una extensa pradera. No veía guardas, y apenas si había unas pocas personas. ¡Qué estupidez no saber dónde se encontraba el monumento a las víctimas de la guerra del Vietnam. Últimamente salía en todos los periódicos. Todo el mundo, menos él, sabía dónde estaba.

Al fin vio el letrero, pequeño y no muy alto, que señalaba la misma dirección hacia la que se dirigía. Y entonces, sin previo aviso, llegó. Un sendero enlosado le condujo al muro de piedra negra que se hundía en la tierra, elevándose mientras Park se dirigía al punto más bajo y decreciendo de nuevo a medida que ascendía el sendero —como un bumerán gigante perfectamente pulido e incrustado en la hierba de la pradera—, cubierto de nombres esculpidos con pulcritud en la superficie de ébano.

Había otras personas en el paseo, de pie frente a las losas de piedra brillante, buscando un nombre entre las infinitas líneas; al hallarlo, pasaban los dedos por los contornos de las letras. Park también sintió la necesidad de extender la mano y tocar la superficie de la piedra, pero apretó los puños en el bolsillo. El primer nombre que tocase tenía que ser el de su padre.

Cuando todos estuvieron reunidos en los salones de Camelot para celebrar la fiesta de Pentecostés, las puertas se abrieron de repente y entró una luz más resplandeciente que la de siete soles. Y allí vieron, alza-

do por una mano invisible, el Santo Grial, envuelto en un paño de blancura cegadora. Después, el aroma de la carne y el vino flotó por los salones, y todos comieron hasta saciarse gracias a la generosidad del Cáliz Sagrado, sin que nadie supiera de dónde procedía ni por qué desapareció. El caballero permaneció en silencio, deslumbrado por la visión y sintiendo resonar una orden en el corazón: «Adelante. No cejad en la búsqueda.»

¿Cómo iba a encontrar el nombre de su padre? Había filas y filas, miles de nombres. Nunca podría hallarlo.

—¿Buscas a alquien en particular? —Park se volvió y vio a una mujer de mediana edad con un sombrero de terciopelo beige y un abrigo de lana—. No te preocupes, estoy aquí para ayudar —lo condujo a un extremo del paseo, donde había una fila de libros, como la guía telefónica de la zona metropolitana. La mujer abrió uno—. ¿Qué nombre buscas? —le preguntó amablemente.

Park se aclaró la garganta.

—Parkington Waddell Broughton Cuarto —respondió.

Buscó en el libro hasta que puso en él un dedo de la mano enguantada.

—Panel I W —le informó—, línea 119.

Park permaneció inmóvil, pues no comprendía lo que le quería decir.

—Es por aquí —le dijo ella con una sonrisa elegante y amable, y lo condujo a donde el muro de granito era más alto.

Le mostró las señales que había cada diez líneas para ayudarse a contar, como si supiera que no le gustaría tener a una desconocida a su lado cuando viera el nombre. Allí estaba: PARKINGTON W. BROUGHTON IV.

Extendió la mano, contento de poder llegar en aquel alto muro al nombre que buscaba, y palpó suavemente las letras del nombre de su padre. El sol invernal había calentado la piedra. No parecía una lápida. Era algo vivo y maravilloso. Podía ver su propia mano reflejada en la piedra mientras recorría con los dedos el nombre de su padre. Las lágrimas brotaron de sus ojos y le sorprendieron, porque se sentía dichoso de encontrarse allí, tan cerca que tocaba a aquel hombre esbelto, con la gorra torcida, el nudo de la corbata suelto y el cuello de la camisa desabrochado.

Lamentó no haber llevado nada. Otras personas habían dejado flores o un solo clavel en las junturas de la piedra al lado de un nombre. Había medallas y galones al pie de alguno de los paneles y, en un extremo, un osito de peluche apoyado contra el granito. Pero nada parecía inútil o fuera de lugar, ni tampoco las personas que estaban allí, tocando nombres y llorando.

En el camino de vuelta a casa, se hizo muchas preguntas. ¿Quién era la guía?... La madre de algún soldado, quizá. ¿Había estado su madre en el monumento? ¿Había ido sin decírselo a palpar con sus dedos la piedra cálida? No podía creer que no hubiese ido, pero si lo había hecho, ¿no sentiría el mismo consuelo que había sentido él? ¿No habría vuelto a casa y se lo habría dicho para poder ir juntos a tocar el nombre? Él quería decírselo, llevarla. Quería contemplar su pálido rostro reflejado en el granito brillante. Quería ver cómo se armaba de fuerza al recorrer con sus finos dedos las letras que formaban el nombre de su padre.

Lo necesitaban. Muerto o no. No podían seguir viviendo con la pretensión de que nunca existió. Necesitaban la vida que emanaba del recuerdo, aunque fuese un recuerdo triste. ¿No era la tristeza mejor que la ausencia de sentimientos? ¿No fue la ira de aquel día en Bethany Beach mejor que los interminables años de olvido?

Si ella no lo necesitaba, o creía que no lo necesitaba, Park debía decirle que no tenía derecho a decidir por los dos. Él sí necesitaba a su padre.

—¿Dónde has estado?

Su madre había llegado antes que él. Park se quitó la chaqueta y la colgó cuidadosamente en el ropero en lugar de tirarla al sofá como solía hacer.

—¿Pork? ¿Dónde has estado? —le volvió a preguntar desde la cocina—. Estaba preocupada. No me has dejado ninguna nota.

Park fue a la puerta de la cocina. La cara pálida de Randy estaba ahora roja por el calor del horno. Torció la cabeza y le dirigió una tímida sonrisa.

—Fui —comenzó a decirle, sin querer molestarla, pero diciéndolo de todos modos. Su propia necesidad era mayor que la necesidad de no causarle dolor—. Fui al monumento —los ojos de Randy se enturbiaron—. Al monumento a las víctimas de la guerra del Vietnam. Encontré su nombre.

Su madre le dio la espalda, como si estuviera atareada con la cena. El banquete del sábado ya comenzaba a dejarse a notar en el apartamento con el aroma de la cebolla, los tallarines, la salsa de tomate y las hamburguesas. Se puso a picar la lechuga.

—¿Cómo pudiste encontrarlo? —le preguntó al fin—. Debe de haber miles de nombres.

—Más de cincuenta mil —le respondió Park. Ella no se dio la vuelta, pero Park continuó, seguro de que le prestaba atención—. Tienen un libro, como un mapa, una guía. Me lo enseñó una mujer.

—Oh.

—¿No has ido nunca?

—¿Yo? No.

—Es bonito —dijo—. Y comprendí… —¿cómo se lo podría explicar? ¿Lo entendería si le dijese que, tras la visión, todos los caballeros habían partido en busca del Grial? No, estaba seguro de que no lo entendería—. Sentí... Pensé... —su madre guardó silencio. No iba a ayudarle, así que Park balbuceó como un niño de tres años—: Tengo que conocerlo.

—Está muerto.

—Tengo que saberlo todo de él.

Su madre se volvió.

—Oh, Pork —exclamó—. Por favor... No sabes lo que pides.

—Leí sus libros —le dijo Park, haciendo un gesto con la cabeza hacia la librería del salón—. Casi todos. Y los poemas —ella permaneció inmóvil, sin parpadear—. Otros tienen a sus padres todos los días. ¿No puedo tener yo algo del mío?

—Murió hace años.

—Entonces cuéntame cosas de él —le imploró a aquel cuerpo rígido—. Por favor, mamá, necesito saber algo, de verdad.

—No puedo —respondió ella, dándole la espalda de nuevo, con el cuerpo algo encogido, debilitándose por momentos—. Por favor, entiéndelo, no puedo, pero...

—¿Sí?

—Tiene..., tenía una familia... —dejó escapar un suspiro tan alto como sus palabras—. Quizá sea hora...

Entonces Park se acercó a ella, la abrazó y descansó el mentón en su hombro. Su madre volvió a enderezarse, resistiéndose al abrazo.

—En verano —dijo, apartándose ligeramente de él—. Quizá puedas ir a visitarlos en verano. Tendré que escribir. No sé lo que dirán. Nunca... —soltó una risita de pesar—. Nunca me quisieron. ¡Una cateta de Texas en la familia! —volvió a reírse—. Generales, coroneles y nobles de Virginia que vivían estancados en la época del mismo George.

Park supuso que se refería a Washington, pero en aquel momento no iba a interrumpirla para preguntárselo.

—Hace varios años que no los veo, y dos desde que tuve las últimas noticias suyas... —se calló y le puso a Park la fuente de ensalada en las manos—. Tendrás que tener paciencia...

—Claro —dijo Park, dejando la fuente en la mesa donde comían—. Puedo esperar. No te preocupes.

—No te queda más remedio —comentó ella cansadamente—. No te hagas muchas ilusiones. Han pasado muchas cosas desde... Puede que no les haga mucha gracia verte, ¿sabes?

No lo sabía. Claro que querrían verlo. Era el quinto. Pertenecía a aquella familia.

4

El criado

—¡Abuelo!

El anciano alzó la vista al oír la voz. Estaba sentado en un banco circular bajo un frondoso roble de doscientos años plantado allí por el primer rey de aquella noble dinastía, quien jamás pudo imaginar al plantar el árbol minúsculo la escena que acontecería aquel día.

Apoyándose pesadamente en el bastón, el viejo rey se levantó con lentitud.

—Hijo mío —exclamó con voz temblorosa por la emoción—. ¿Es cierto lo que veo? ¿Has cumplido tu misión?

En aquel momento, el joven caballero emprendió la carrera y, al llegar adonde se encontraba el anciano, extendió la mano; pero su abuelo la ignoró, dejó caer el bas-

tón y estrechó entre sus brazos los hombros
jóvenes y fuertes.

—Dios es bueno —dijo entre lágrimas
no derramadas...

—¿Cuántos años tiene el abuelo? —Park dejó la
cuchara cargada de cereales.

—Aún no les he escrito —dijo Randy—. Puede
que haya muerto.

En la antigua capilla, de pie junto a la
tumba, el joven, a pesar de que no corres-
pondía a su hombría, no pudo contener las
lágrimas. «Demasiado tarde. Demasiado
tarde. ¡Oh, si hubiese llegado a tiempo...!»

No. Park no permitiría que su abuelo se muriese
sin verlo. Imaginó rápidamente la escena. Ahora,
el hombre que esperaba bajo el roble era alto y
esbelto, y llevaba una espada colgada al cinto.

—¿Cuántos años tendrá?

—¿El coronel? No sé. No estoy segura de haberlo sabido nunca. La primera vez que lo vi ya tenía
el pelo blanco, aunque su rostro era joven... —el
dolor se dibujó en el suyo.

«Se parecía a mi padre —pensó Park—. Se
acuerda del parecido.»

Randy torció la cabeza.

—Podía haber tenido mi edad —dijo y, después,
mirando a Park, añadió—: No debes hacer tantas

preguntas cuando vayas, si es que vas. A la gente no le gusta los niños que siempre están haciendo preguntas. Además, pareces más pequeño de lo que eres. Se supone que son los niños de tres años quienes se pasan el día haciendo preguntas, no los de once.

No era justo. Park se subió las gafas.

—Sólo te he preguntado cuántos años…

Su madre dejó escapar un sonoro *fiiu*.

—No lo sé. Estuvo en la guerra, por si te sirve de algo.

Park abrió la boca para preguntar en qué guerra, se arrepintió y convirtió la pregunta en una afirmación.

—En la segunda guerra mundial.

Allí asintió.

—Aunque podrías elegir una guerra, cualquier guerra, y encontrarías a un Broughton en ella. Los Broughton siempre han estado locos por la guerra.

Lo dijo con tanta amargura que Park cogió la caja de cereales y se puso a leer el contenido del paquete.

Randy no le dijo que había escrito. Entonces, un día de mediados de mayo, cuando Park recogió el correo del buzón del vestíbulo, vio una carta que tenía la palabra Broughton escrita en la esquina superior izquierda del sobre y el matasellos de Strathaven, Virginia.

Cogió el atlas y lo buscó, pero finalmente tuvo

que recurrir al índice para encontrar la letra y el número. No le gustaba tener que consultar los índices, pero no estaba seguro de disponer de mucho tiempo antes de que su madre volviera a casa. Generalmente no llegaba antes de las seis, pero entonces, justo cuando menos la esperaba, trabajaba media jornada en lugar de la jornada completa y aparecía de repente. Debería saber cuándo vendría su madre a casa. Ella siempre exigía conocer su horario exacto, lo que era difícil, pues ni él mismo sabía si se pasaría por casa de Greg o si le apetecería ir al supermercado o a la biblioteca o simplemente holgazanear por Walnut Street, frente a la biblioteca, dándole unas patadas al balón o entreteniéndose en cualquier otra cosa. Si no le dejaba una nota —cuándo, dónde, por qué y con quién—, se subía por las paredes. (Randy siempre escribía aquellas palabras con acento cuando se debía, para que se notara que había ido a la universidad.)

Halló Strathaven en la esquina suroeste de Virginia. ¡Maldición! Esperaba que estuviese en el nordeste… Incluso que pasara por allí algún tren de cercanías, para acercarse un sábado a echarle un vistazo. Pero se encontraba en la zona más apartada del estado, demasiado lejos de la capital.

Cogió el sobre y lo miró a contraluz frente a la ventana. Veía la escritura, con las cuartillas dobladas una contra otra, pero era ilegible. Trató de calcular lo larga que sería la carta. Suponía que si era larga, sería buena señal; si era corta, mala. Corta, le dirían que no querían verlo; larga, intentarían restablecer el contacto, le darían las noticias de la familia y le preguntarían de todo sobre él. Si era corta, más valía olvidarse.

Querida Randy —querida Sra. Broughton—, saludos, amada hermana. (¿Cómo podía imaginar la carta de unos parientes a quienes nunca había visto, cuya existencia había conocido sólo unos meses antes?) *¡Qué alegría nos dio* (Sí, sí) *tener noticias tuyas después de tantos años y saber que tú y el chico estáis bien! ¡Venid! ¡Venid inmediatamente! ¡Los dos! ¡No, no! Estamos deseando veros. Iremos nosotros…*

¿A este apartamento? ¿Qué pensarían? ¿A dos pasos de los barrios bajos? ¿Una familia que había servido en el ejército con George Washington?

—Dice que no le importa que vayas.

Ésa fue toda la información que Randy le dio de la carta. Ni siquiera le explicó quién lo había dicho, aunque tenía que ser su abuelo, ¿no? Debía haber destruido la carta, pues, por mucho que la buscó, no la encontró entre sus cosas.

El hombre que lo recogió en la estación de autobuses era bajo, delgado y musculoso, y tenía la cara, las manos y el cuello curtidos por el sol. Tenía los ojos de un gris acerado y el pelo oscuro. «Un criado», pensó Park. Deseaba que hubiera ido su

abuelo, pero, probablemente, los Broughton no iban a las estaciones de autobuses. Mandaban a uno de los sirvientes a recoger a los invitados. Aunque, en ese caso, no tendrían invitados que llegasen en autobús.

Park se enderezó. Quería que el sirviente supiera de inmediato que era de la familia. No debería haberse preocupado. El hombre lo reconoció en cuanto se bajó del autobús. Se acercó y, con una tímida sonrisa, le ofreció la mano.

—Frank —dijo.

¿Se debía estrechar la mano a los criados? Park vaciló tanto que el hombre sonrió y la dejó caer.

—¿Tienes la bolsa en el maletero? —le preguntó.

Park se sonrojó y asintió. El hombre volvió a extender la mano. Esta vez, Park la estrechó entre las suyas. No debía parecer engreído con aquel hombre, por mucho que fuese Parkington Quinto. El hombre volvió a sonreír.

—Necesito el papel…, el resguardo del equipaje.

—Oh —exclamó Park—, oh.

Buscó a tientas en los bolsillos de la cazadora y en tres bolsillos del pantalón antes de sacar el resguardo de uno de los bolsillos traseros, arrugado de haber ido sentado encima desde Washington.

El hombre llamado Frank ayudó al conductor del autobús a sacar la bolsa del maletero y le indicó a Park con un gesto que le siguiera. La bolsa parecía de repente muy pequeña y estropeada. Debería haberla llevado con él en lugar de dejar que Randy la facturase. Deseó que el criado no pensara lo mismo.

Su abuelo no estimó oportuno enviarle el *Lincoln*. Frank fue al pueblo en una camioneta *Toyota*. Lanzó la bolsa a la parte trasera como si no pesara nada, abrió la puerta de la cabina y se encaramó en el asiento del conductor.

—No está cerrado —le dijo por la ventana del pasajero a Park, que aún miraba desde la acera.

Park se sonrojó una vez más y se apresuró a subir a la cabina.

—Debería haber traído el coche —confesó entonces Frank—. Pensé que a un chico le gustaría más... Bueno, si te digo la verdad, prefiero conducir la camioneta.

Park asintió para mostrar que no le guardaba rencor. Ni siquiera le mencionaría el incidente a su abuelo.

—Me he enterado de que Frank fue a recogerte en la camioneta. Debería tener más cuidado con lo que hace. Y más en tu primera visita.

—No importa, señor. No lo hizo con mala intención. De verdad. No importa.

—Hoy día no hay manera de encontrar buenos sirvientes.

—No tiene importancia, de verdad. No le digas nada.

Un suspiro.

—Como quieras, hijo.

—Bueno, ¿y cómo te llamas?

—¿Qué?

—Que cómo te llamas.

Park se subió las gafas y se enderezó.

—Parkington Waddell Broughton Quinto.

El hombre soltó una risita.

—Ese nombre me suena —dijo—. Pero supongo que nadie te llamará así, ¿verdad?

—Park —le contestó con decisión.

Después de todo, también tenía que pasar por aquello en el colegio. Su madre no estaba allí para discutir.

—Como tu padre.

—Sí —afirmó Park. El hombre que estaba sentado a su lado conoció a su padre. Forzó la voz para permanecer impasible—. ¿Lleva mucho tiempo con los Broughton?

El hombre lo miró de reojo.

—Toda mi vida —le respondió—. Me parece que Randy no te ha hablado mucho de nosotros.

Park se mordió el labio.

—No.

—Soy tu tío Frank… El hermano menor de tu padre.

—No lo sabía —dijo Park con voz temblorosa de vergüenza—. No me lo ha dicho nadie.

—No te preocupes. ¿Cómo ibas a saberlo?

—Pero yo… Creí que eras… Bueno, alguien que trabajaba para el abuelo.

—Bueno —comentó Frank, riéndose—. Eso sí que lo soy.

—¿Cómo…? ¿Cómo está?

—¿Tampoco te habló de eso? —Frank se volvió a mirarlo—. Claro, supongo que tampoco lo sabría. No se encuentra muy bien.

—Oh.

—Hace unos dos años sufrió otro ataque de apoplejía. Pensé… Pensamos que se nos iba. Le escribí a Randy. Por si… Pero ella no…

—No.

Park no trató de ocultar su sentimientos, su contrariedad. ¿*Otro* ataque? Se había imaginado a su abuelo como un noble guerrero de pelo canoso. No se lo imaginaba en una cama de hospital.

—Le dije que venías —Frank hablaba con mucha precaución—. Me temo que no lo tomó muy bien. Bueno, a veces se altera mucho. Ya veremos cómo sale todo.

¿Quería decir aquello que quizá no viera a Park Tercero? Sólo estaría allí dos semanas. ¿Y si el viejo estaba alterado todo ese tiempo? Frank no podría evitar que viera a su abuelo. ¿Por qué dijo que podía venir si el viejo estaba muy enfermo para poder verlo?

—¿Qué edad tiene? —preguntó Park, prometiéndose no hacer más preguntas; pero la respuesta a aquélla la necesitaba saber desde hacía meses.

—Veamos. Mil novecientos veintiuno. Debe tener sesenta y tres.

—¡No es mucho!

No era justo. El señor Campanelli tenía setenta y cinco años, y corría tres kilómetros todas las mañanas.

—No —dijo Frank—. No debería serlo.

Ya había hecho su pregunta, y la respuesta fue negativa. Su abuelo era joven y estaba peor que un anciano. Park necesitaba preguntar si estaba paralizado de cuerpo entero. ¿No era la apoplejía lo que dejaba paralíticos a los ancianos? ¿Podía andar? ¿Conservaba la lucidez? ¿Reconocería a Park? ¿Sabría quién era? Si era así, si sabía que el hijo de Park al fin había vuelto a casa, ¿no mejoraría? ¿No se alegraría de ver a su nieto después de tanto tiempo?

Le dije que venías. Me temo que no le sentó muy bien.

¿Por qué no le sentó bien? Quizá Frank no distinguía si el viejo estaba enfadado o contento. Recorrieron en silencio el resto del camino. La contrariedad se alojó en la garganta de Park como un puño cerrado. Abandonaron la carretera principal y se internaron por una tortuosa carretera comarcal. Era un día claro de finales de junio, no tan húmedo como al salir de Washington aquella mañana. En Richmond, al cambiar de autobús, se comió el *sandwich* de queso que le preparó su madre. Randy le dio una moneda de cincuenta centavos para un refresco, pero la perdió en la máquina automática. Le pidió a la mujer del mostrador que le devolviera el dinero, pero ella se limitó a encoger los hombros de su sucio uniforme. No era la encargada de las devoluciones.

Randy le había dado diez billetes de dólar para sus gastos, pero Park tuvo tanto miedo de perderlos que los guardó, junto con el billete de vuelta, en el bolsillo interior de la bolsa, y Randy la facturó hasta Strathaven.

Ahora, con la cabeza asomada por la ventanilla de la camioneta, pensó que se moriría de sed. O de humillación. O de decepción. El viento le revolvía el cabello que se había peinado con tanto esmero frente al espejo pequeño y sucio del lavabo del autobús, mientras daban tumbos de un lado a otro por la autopista.

La camioneta aminoraba la marcha. Park se volvió y vio que Frank ponía punto muerto, echaba el freno de mano y saltaba fuera a abrir una larga cancela metálica. Después subió a la camioneta, pasó al otro lado y volvió a saltar fuera a cerrar la cancela. «Podría haberme pedido que la abriera y cerrara yo —pensó Park—. ¿Por qué no lo ha hecho? ¿Me toma por un niñato?» Entonces miró al otro lado y vio la casa.

5

El regreso del joven señor

Era un caserón de madera de tres pisos, blanco, enorme, y, por lo que se veía, tenía un porche y una galería en el segundo piso, que lo rodeaban completamente. En el lado del conductor se veía una pequeña cúpula con ventanas abovedadas, festoneada con arbustos de mundillo de metro y medio de altura. Era lo más parecido a un castillo que se podía ver en Virginia.

El puente levadizo se bajó entre fanfarrias de trompetas y chirriar de cadenas. Cuando entraron en el patio, los criados salieron apresuradamente de los portalones y se alinearon según su condición. Los hombres con túnicas verdes y marrones, las mujeres con trajes de color azul y ámbar. *¿Qué color era exactamente el ámbar?* De la hilera de espectadores surgió un murmullo como el del viento en los álamos. «El joven señor. El joven señor ha vuelto.» Hacían reverencias, pero no servilmente, sino con la dignidad que requería la ocasión y en señal de sincera bienvenida...

Frank aparcó la camioneta bajo un olmo, junto a una cerca de madera.

—Bienvenido —dijo.

Park saltó fuera. Quería coger la bolsa de viaje para que su tío no pensara que era un mocoso tonto y malcriado, pero Frank ya la había sacado y abría la pequeña cancela blanca, que tenía un contrapeso para cerrarse sola. Un enorme perro lanudo, marrón y negro, se acercó trotando desde un extremo del porche, moviendo el rabo y con la lengua colgando de un lado de la boca, y le ofreció la cabeza a Frank para que se la acariciase.

—Este es *Jupe* —dijo Frank, rascándole la cabeza y el cuello.

Park se preguntó si debía intentar acariciarlo y decidió no hacerlo. Parecía muy fiel a su amo. «Imagínate que cuando intentas parecer más tranquilo el perro estúpido te muerde la mano.» *Jupe* miró a Park como si sintiera cierta curiosidad por saber quién era, pero no hizo ningún gesto de querer investigar. Al menos, el chucho no gruñó. A Park le gustaban los perros o, para ser exactos, siempre pensó que le podrían gustar. La verdad es que el único perro que había tratado era el caniche de la madre de Greg Henning, que sólo se dejaba acariciar por la madre de Greg... Ni siquiera permitía que lo acariciara su nuevo marido, para irritación del hombre y gozo de Greg.

Jupe los acompañó por el camino, pegado a las piernas de Frank, en el lado opuesto a Park. Cuando llegaron al final del porche, el perro se detuvo como si supiera que había llegado al límite y, mientras Frank acompañaba a Park por el largo porche hacia la puerta principal, los contempló con adoración, agitando el rabo acompasadamente.

—¿Sada? —llamó Frank al entrar en el vestíbulo oscuro y fresco.

Una mujer de unos cincuenta años, algo rellena y con el cabello canoso y encrespado, se dirigió hacia ellos desde la penumbra del fondo del vestíbulo.

—Este es el joven Park —le dijo Frank. A Park le gustó cómo sonó... Casi joven señor, ¿verdad?—. Park, ésta es la señora Davenport, quien se encarga aquí de todo.

Davenport encajaba. Era una mujer sobrada en carnes y llevaba un amplio delantal con un estampado de grandes rosas azules y amarillas. Park le ofreció la mano.

La mujer sonrió y, acercándole la cara, le dijo:

—Conque este es nuestro hombrecito.

La mano de Park volvió a su lugar, pero ella no pareció advertirlo.

—Nuestro paciente no está muy contento esta mañana —comentó, dirigiéndose a Frank.

Frank asintió.

—Pasaré a verlo en cuanto haya acomodado al chico. ¿Dónde ha pensado ponerlo?

—Le he preparado la habitación de la derecha. Le di un buen limpiado ayer, aunque no se note —suspiró—. En estos caserones no merece la pena intentarlo —se inclinó hacia Park como si fuera a comunicarle un secreto—. El polvo —dijo—, una batalla perdida. Yo lucho. Oh, claro que lucho, pero ¿quién le ganaría…?

Frank hacía lo que podía para sonreír educadamente, pero, mientras ella hablaba, no se detuvo en su camino hacia la escalera. Park lo siguió de cerca.

—¿Entonces cuento con usted para cenar esta noche, Frank? —le preguntó en voz alta cuando Frank rodeó el pie de la escalera y comenzó a subir.

Frank no le respondió, pero a la señora Davenport no pareció importarle. Se dio la vuelta para marcharse a la cocina. Park subió tras él la larga escalera que partía del otro lado del vestíbulo. Al llegar arriba, Frank torció a la derecha, abrió una puerta y le indicó con un gesto a Park que entrara. Era una habitación enorme. Hubiese cabido dentro casi todo el apartamento de Park. El techo tenía tres o cuatro metros de alto; incluso con las dos camas, sobraba sitio para patinar. Había ventanas en dos paredes, unos ventanales que daban a la galería superior, y una chimenea bloqueada por una pequeña estufa de hierro cuyo tubo desaparecía por la campana. Junto a la estufa había un lavabo de mármol con una palangana de porcelana blanca encima, mayor que el fregadero de la cocina de su madre, y un jarro alto y grueso, también blanco. En un rincón se alzaba un mueble enorme con puertas acristaladas. Se veían pelusas de polvo entre las patas.

Frank observó sus miradas.

—No hemos hecho mucho para modernizar este caserón —le dijo, aunque Park no supo si lo dijo excusándose o con orgullo—. El baño está abajo, en la parte de atrás. Si quieres, te lo enseñaré ahora.

Siguió a Frank escaleras abajo. Al pie de la escalera, a la derecha, había una puerta cerrada, y al otro lado del vestíbulo, a la izquierda, otra. Frank abrió la puerta de la derecha. Conducía a una minúscula y oscura antesala a la que daba un cuarto de baño enorme equipado con una bañera que tenía patas en forma de garra, un pequeño lavabo —más pequeño que el de la habitación— y un retrete.

—Bueno —dijo Frank—. Te dejo. Tengo que volver al trabajo. La señora Davenport anda por aquí —continuó con una sonrisa, como pidiéndole excusas—, por si necesitas algo —vaciló—. Mi casa es una pequeña que hay al otro lado del huerto, pero..., bueno, ya nos verás.

Park quería preguntarle a quién vería y en qué habitación estaba su abuelo y si en aquel caserón había alguien además de él y de la chiflada señora Davenport, pero no deseaba que Frank lo tomase por un preguntón. Tendría que tener paciencia. Frank lo miraba con una tímida sonrisa, intentanto marcharse.

—Gracias —le dijo Park.

—Espero que lo encuentres todo a tu gusto —dijo Frank como si temiese que no lo encontrara.

Era media tarde. Park regresó a la enorme habitación delantera y encontró un sitio donde colgar la ropa tras una de las grandes puertas del armario. No había tocador ni cómoda, pero tras la otra puerta había cajones. Muchos estaban llenos de ropa de cama y olían a bolas de naftalina. Habían vaciado uno para él, así que guardó las camisetas, la ropa interior y los calcetines, y se puso a pensar dónde dejar el cepillo de dientes. ¿Se podría escupir en las palanganas? ¿Tendría que ir de un lado para otro con el cepillo cada vez que tuviera que limpiarse los estúpidos dientes? ¿Debería dejarlo abajo? No se podían preguntar aquellas cosas. Él debería saber lo que se tenía que hacer. Tendría que averiguarlo después. Por el momento lo dejó en la maleta y guardó ésta bajo una de las altas camas.

Ya estaba instalado. Había tardado, entre dudas y decisiones, unos diez minutos. Era media tarde. ¿Y ahora qué?

Fue al ventanal y contempló la vista. Al otro lado del patio, más allá de la cerca de madera, había un gran sembrado. El maíz estaba casi tan alto como él, el sembrado era mayor que el parque que había junto a la biblioteca. Se inclinó todo lo que pudo para mirar lo más lejos posible a la izquierda y, sí, allí había una casita que debía ser la de Frank. Se preguntó por qué viviría Frank en una casa pequeña y nueva cuando había tanto espacio en aquella. Era como si Frank fuese de verdad un criado que vivía en la casa del servicio.

> —El castillo es tuyo.
> —Pero, tío, aún quedan años para...
> —No importa. Es tu herencia. Eres el primogénito del primogénito.
> —Pero sois vos quien ha trabajado para que la tierra sea lo que es.
> —Fue un honor conservarla hasta el día de tu vuelta. Sabía que regresarías.

No encajaba. Aunque conocía a Frank desde hacía menos de una hora, a Park le costaba trabajo creer que su tío había esperado con impaciencia el regreso del verdadero heredero. De hecho, quizá Frank le odiaba. Después de todo, si él no hubiese aparecido, todo pertenecería a Frank. Aunque su tío no tuviera que cederle todo al primogénito de su hermano mayor, ¿no le obligaría la ley, al menos, a compartirlo con Park? Recordó el rostro curtido de Frank. Buscó signos de resentimiento, pero no los halló. Su mirada era amable.

«Si me odiase, lo notaría —razonó Park—. Más parece que esté preocupado, quizá por mí, quizá por otra persona. No me preguntó nada ni de mí ni de Randy. No trató de averiguar con qué intenciones he venido. Por otro lado, tampoco me informó de lo que ocurre aquí. Quizá piensa que me marcharé si me ignora.»

Park salió apresuradamente de la habitación y cerró la puerta con fuerza tras de sí. Mientras trotaba escaleras abajo, la señora Davenport se materializó al pie con un dedo en los labios.

—Nuestro paciente está descansado —le informó.

Park asintió, agachando la cabeza para ocultar su disgusto.

—¿Puedo salir? —susurró.

Ella esbozó una sonrisa acaramelada.

—Pero no hagas nada que yo no haría —le aconsejó con un guiño.

Por un instante, Park temió que le diese una palmadita en la cabeza, pero no lo hizo.

Atravesó el vestíbulo posterior, cerrando las puertas cuidadosamente, y salió a un amplio porche cubierto atestado de cubos, cajas, botas y útiles de todo tipo y tamaño, la mayoría con aspecto de no haber sido tocados en años. Cruzó el porche y salió al patio. Aún hacía un calor bochornoso fuera de la casa. *Jupe* se acercó, lo olfateó y volvió a tumbarse junto a la perrera, bajo un gran arce.

La cancela de la valla posterior se cerraba con el mismo contrapeso de cadena y metal que la de la parte delantera. Park salió, mirando de reojo al perro para ver si se precipitaba hacia la puerta abierta. *Jupe* alzó la cabeza y le dirigió una mirada aburrida, después volvió a apoyar el hocico entre las piernas y cerró los ojos. ¿Cómo se hacían buenas migas con un perro? Iban a ser dos semanas muy largas.

Caminó colina abajo, junto a unos gallineros que parecían vibrar con el cacareo. No había hecho sino levantar la vista que llevaba clavada en sus estúpidos pies cuando, alertado por el fuerte olor, vio que acababa de meter un pie en medio de una gran masa húmeda que había dejado allí una vaca, un caballo o cualquier otro animal parecido. Sintió náuseas al sacar la zapatilla de deporte teñida de un color verdoso. Se la limpió en unas hierbas, continuó colina abajo y pasó junto a un granero y un cobertizo más pequeño con un comedero delante. Parecía la pocilga, pues se veían cerdos algo más allá, tumbados en el barro junto a una laguna rodeada de sauces.

Continuó por el tortuoso camino de tierra y grava, dejó a un lado unas naves llenas de maquinaria vieja, saltó una cancela y se dirigió al pie de la colina, hacia un pequeño cobertizo de madera del que salía el arroyo que alimentaba la laguna. Levantó el pestillo oxidado y abrió la puerta. Estaba oscuro. Antes de que sus ojos se acostumbraran a la oscuridad, oyó la música del manantial y percibió la fragancia pura del agua. Manaba de un pequeño tubo de metal y caía a una pileta de cemento. En una repisa de madera sobre la pileta había media cáscara de coco. Puso el coco bajo el chorro hasta llenarlo y se lo llevó a la boca. Nunca en su vida había probado nada parecido a aquel agua. Era como si nunca hubiera sabido lo que era el agua. El sabor limpio y fresco tenía el ligero aroma vegetal de la cáscara seca. Se la bebió toda. Estaba tan fría que le dolió el pecho.

Park se sentó en el borde de la pileta, con los pies en el enlosado de la caseta. «Si vengo aquí a diario —pensó—, si puedo venir, se me pasarán pronto las dos semanas.»

Se levantó y cerró la puerta. Una deliciosa quietud flotaba en su interior. Arrodillándose en las frías piedras, se quitó el casco y lo dejó ante el altar. Debía pasar la noche rezando. Si velaba las armas, se presentaría al amanecer ante el rey, que le pondría la espada sobre los hombros y lo armaría caballero del reino; después, cuando se conocieran sus hazañas, quizá viera su nombre grabado en uno de los sitiales de la Tabla Redonda. Pero ¿le esperaría hasta aquel día la hermosa dama que arropaba su corazón entre sus manos inocentes? No pronunciaría palabra alguna hasta haberse ganado su favor con gestas heroicas. No, no debía pensar en la dama. Debía concentrarse en el Grial. Aquella noche era para la veneración de lo divino. El cáliz comenzó a emitir una luz sobrenatural. Se le ofrecía una visión, una señal…

—¿Qué hacer aquí?

Park se sobresaltó. En el umbral de la puerta había una chica, con un pelo negro que le caía desalinadamente sobre la cara y una gorra de béisbol inclinada hacia atrás como un barco que navegara sobre su cabeza. Las manos en los extremos de sus delgados brazos asían con fuerza el marco de la puerta a la altura de los hombros. Vestía unos pantalones vaqueros gastados y una camiseta que una vez fue blanca.

—¿Qué hacer aquí? —le volvió a preguntar.

Park abrió la boca, pero no le salió nada.

—Mía —le dijo—. Mi casa.

6

El reto del desconocido

—Sal donde verte —le ordenó, apartándose a un lado, segura de que la obedecería. Park la obedeció y salió parpadeando al sol—. Yo nunca verte —le dijo—. ¿Cómo llamarte?

—Me llamo Pork —le respondió con timidez, a pesar de que era mayor que ella.

—¡Como el cerdo! —exclamó con desdén, haciéndole reparar demasiado tarde en que le había dicho su apodo de pequeño.

La chica era india o china o algo raro. Desde luego, fuera lo que fuese, no era un Broughton.

Lo miraba de arriba abajo, como si fuera un caballo en una subasta.

—¿Cuántos años?

«¿Por qué no me cuentas los malditos dientes?», quiso decirle Park, pero se dominó. Ya parecía resultarle bastante antipático.

—Doce —respondió.

Bueno, los cumpliría en otoño. Ya estaba muy cerca, y necesitaba una ventaja. No sabía qué edad podía tener ella. No se la dijo. Park sonrió para sí. Si no se la decía, es que era menor que él y no lo quería admitir. De cualquier modo, Park era al menos treinta centímetros más alto que ella.

—Tú gordo —le dijo, llevándose una mano a la pequeña cintura.

—No estoy gordo. Yo… Peso lo justo para mi edad.

La chica se rió con disimulo.

—Porky, Porky, nuestro rey —cantó, entrecerrando los ojos en un gesto de desafío.

¿Quién se creía que era?

—¡Park! —gritó—. ¡Park!

—¡Gua! ¡Gua! Como perro. ¡Oink! ¡Oink! Como cerdo —se apretó la nariz entre el pulgar y el índice—. También oler como cerdo.

Park estaba tan furioso que no podía hablar. Se dio la vuelta y comenzó a subir la colina apresuradamente, sólo para meter el pie limpio en una gran masa blanducha. Oyó las carcajadas de la chica mientras sacaba el pie y trataba de limpiarse lo peor, primero en una piedra y luego en la hierba. No le daría el placer de volverse. Se la imaginó retorciéndose en el suelo frente a la caseta del manantial, muerta de risa.

Subió la colina. ¿Debería abrir o saltar la cancela? Estaba convencido de que una de las dos cosas era la correcta y de que se equivocaría eligiera la que eligiese. Decidió abrirla, porque le pareció más seguro que pasar por encima de las tablas mientras ella miraba desde abajo. El cerrojo consistía en un trozo de alambre doblado en forma de lazo y enganchado en un poste. Soltó el alambre, y la larga cancela de madera se abrió con tanta fuerza que lo golpeó, casi tirándolo al suelo, y se estrelló contra el cobertizo que había a ese lado del camino. Se abalanzó sobre la cancela para detenerla, pero, naturalmente, ella lo había visto. Park la vio por el rabillo del ojo, de pie, con las piernas abiertas y las manos en la pequeña cadera, y oyó sus carcajadas. Agarró con fuerza la pesada cancela y tiró de ella cuesta arriba, tratando de no mirar a la chica mientras la cerraba y volvía a enganchar el lazo de alambre.

Miró la hora. Sólo eran las cuatro y media. Le daba miedo pensar en meterse en la fría tumba de la casa a esperar la cena. Caminó tan lento como pudo y pasó junto a lo que parecía haber sido una cuadra, pero donde ahora se guardaba un tractor. Sintió una punzada de tristeza. Un caballo hubiese sido mucho mejor. Habría pasado gran parte del tiempo aprendiendo a montar, y, si aprendía, podría cabalgar por toda la tierra.

—¿Quién es el caballero que monta ese magnífico caballo blanco?

A caballo se sentiría como el mismísimo Lanzarote. Pero la chica estaría mirando. Ella ya sabría montar y se reiría cuando el caballo brincara o pateara o, peor aún, si lo tiraba sobre el estiércol. Alguien tendría que haberle avisado de que aquella chica estaba aquí.

—Hagáis lo que hagáis, no habléis con la dama, ni os detengáis cuando os lo ruegue, pues, aunque finja encontrarse en apuros y os suplique vuestra protección, en verdad no es otra que la misma Morgana le Fay, que acecha a los caballeros que por allí cabalgan para encantarlos con un siniestro y vil hechizo.

Ni siquiera sabía su estúpido nombre, sólo que había llegado allí antes que él, Parkington Waddell Broughton Quinto, y que afirmaba que el manantial era suyo. ¿Quería eso decir que no podría ir allí? Tonterías. ¿No era él el heredero? No tenía derecho a prohibirle nada. Fueron sus antepasados quienes talaron aquellos bosques de Virginia y levantaron la granja. ¿De qué se quejaba tanto? Ni siquiera era estadounidense.

¿De dónde era? ¿Hospedaba Frank a extranjeros en su casa? ¿Vivía con él? Si su abuelo no hubiese sufrido aquel ataque, Park estaba seguro de que no la habría aguantado. Parkington Tercero no soportaría ni cinco minutos a esa insolente mocosa extranjera.

Estaba en la puerta de uno de los cobertizos más grandes. Se oían ruidos en el interior... animales y humanos. Fue a un lado y miró por una rendija entre las tablas. Frank estaba sentado en un pequeño taburete ordeñando una vaca. De vez en cuando, la vaca daba un pisotón y estaba a punto de tirar el cubo. Frank murmuraba algo para tranquilizarla, y la vaca le daba con el rabo en la cara pero no se movía de su sitio.

Sólo veía la espalda de Frank, la camisa azul de trabajo con las mangas remangadas hasta los codos, los tirantes del mono apretándole los amplios hombros, el cuello curtido inclinado contra el flanco de la vaca. «Mi padre no se parecía a él —pensó Park—. Era moreno, pero no tenía el cuello rojo. No era un simple granjero. Era piloto, piloto de cazabombarderos, y manejaba grandes aviones sobre la tierra. No iba por ahí preocupado en no pisar excrementos de vaca.» Park contempló el lamentable estado de sus zapatillas. Por un instante, creyó que iba a vomitar.

«Sólo he venido a averiguar cosas de mi padre. No tengo por qué quedarme las dos apestosas semanas.» La idea de tener que quedarse las dos semanas enteras le agobió. Se moriría si tenía que quedarse. Nadie podía obligarlo. El billete de vuelta del autobús estaba a salvo en el bolsillo de la maleta. El día que le apeteciera, iría al pueblo y tomaría un autobús a Washington. Nadie lo detendría.

No es que nadie quisiera hacerlo. Estaba claro que ni Frank ni la señora Davenport lo harían. Para ellos, era como una espina que tenían alojada bajo la piel. Esperarían a que dejara de molestarles por sí solo. La chica era diferente. ¿Por qué no le había dicho Frank nada de ella? No parecía natural. En realidad, Frank sólo le había dicho que había molestado al abuelo incluso antes de verlo. Vale, era un estorbo, pero no antes de haber atravesado siquiera la puerta. Aquí ya era un estorbo y un problema antes de haberse bajado de aquel maldito autobús. Eso era lo único que Frank se había molestado en decirle.

Frank se levantó, cogió el cubo y el taburete por una pata, y le dio un suave golpe con el codo a la vaca. La vaca se estremeció y cambió de posición, moviendo la mandíbula a un lado y a otro, de una forma que le recordó a Park la aburrida camarera de la estación de autobuses mascando chicle mientras él intentaba decirle que la máquina de las bebidas se había quedado con su moneda de cincuenta centavos.

Frank desapareció de su campo de visión, pero Park siguió oyendo caer leche en un cubo; después, Frank volvió a aparecer ante su vista y se sentó junto a otra vaca, hablándole con dulzura mientras se colocaba bajo el flanco y comenzaba a apretar rítmicamente las largas ubres rosáceas.

¡Ah!, a veces envidiaba la vida sencilla del pastor. Preocupado tan sólo por comer, sin honor que proteger, sin enemigos que retar, sin aventuras que emprender. Pero Dios lo había dispuesto todo de otra manera para él...

—¡Te pillé!

Park se dio la vuelta y casi tiró a la chica al suelo. Ella mantuvo el equilibrio y brincó sobre las sandalias de plástico.

—¡Mirón! —se mofó—. ¡Pork mirón!

Park se ruborizó. Si fuera un chico, ya le habría dado un tortazo. ¿Qué tendrían que decir las leyes de la caballería de un caballero que tiraba a una dama a una plasta de vaca? Con sólo pensarlo se sintió mejor.

—Me llamo Park —le dijo en un tono que le hizo sentirse hijo de un piloto de cazabombarderos.

—¡Oooh! —exclamó ella—. ¡Qué nervios!

Park se dijo que, a pesar de las palabras, el tono era ligeramente más respetuoso.

—¡Zanh! —llamó Frank desde el interior del establo en un tono despreocupado, pero que implicaba una orden—. Se supone que debes estar aquí dentro.

Zanh dirigió una rápida mirada a Park y, después, sin añadir palabra, corrió hacia la puerta del establo y desapareció en el interior. Park oyó que Frank le decía algo, no exactamente regañándole, aunque sí empleando un tono de firmeza. Ella le respondió. Debía estar empezando a trabajar, pero fuera del campo de visión de Park.

Park rodeó el establo y entró por la puerta que ella dejó abierta. Daba a una pequeña habitación llena de cubos. Se veían unos bidones en un rincón y, en la pared frente a la puerta, una máquina rara que, desde luego, debía tener algo que ver con la leche, porque a su lado había un recipiente alto lleno de leche espumosa y, junto a éste, uno pequeño lleno de nata.

A su izquierda había una puerta y una ventana que daban al establo, donde se veían ocho vacas, a dos de las cuales ordeñaban Frank y la chica.

Frank debió oírle, pues le habló tranquilamente desde el otro lado de la vaca.

—Es un separador —le explicó—. Separa la nata de la leche.

—Oh —dijo Park, molesto porque Frank creyese que no lo podía averiguar por sí solo.

—No hacerle ordeñar —se quejó la chica bruscamente.

Su vaca dio un pisotón y agitó el rabo, como si le molestara el tono de la voz.

Frank permaneció impasible.

—Podemos dejarle que nos haga compañía el primer día —dijo.

Tenía una voz agradable, amistosa y algo tímida. Pero no era como la voz del padre de Park. La voz de su padre habría sido más autoritaria, pero también amable. La sonrisa de la foto era casi traviesa.

La chica refunfuñó disgustada.

—No saber.

La vaca dio un pisotón con la pata trasera y se movió, asustada del ruido que ella misma había hecho. La chica tardó un momento en tranquilizarla y arrastrar el taburete y el cubo a la nueva posición que había adoptado el animal.

—Habla en voz baja, Zanh —dijo Frank pausadamente. Después le preguntó a Park—: ¿Quieres aprender?

Park negó con la cabeza. Ni pensarlo, mientras ella estuviera cerca. ¿Zanh? ¿Qué nombre era ése? En su colegio había muchos orientales, en su mayoría refugiados. Vietnamita, decidió, o camboyana. Para él todos eran iguales: la gente que había matado a su padre.

Frank se puso de pie, apartó suavemente a la vaca a un lado y llevó el cubo a la habitación del separador.

—Por lo visto ya conoces a Zanh —observó.

—Más o menos —masculló Park.

Frank sonrió, casi excusándose.

—Se tarda un poco en acostumbrarse a ella —le confesó con una voz tan baja que Zanh no pudo oírlo, aunque Park la veía intentando escuchar mientras apartaba a su vaca.

—¿Cuántos años tiene? —le preguntó Park con un susurro. No quería preguntárselo, pero, de algún modo, le parecía una información vital.

Frank torció la cabeza, como si tratara de adivinarlo.

—¿Diez? Sí, creo que sí. Diez. No. Once. Los cumplió en marzo.

Park sonrió y dijo en voz baja;

—Yo tengo doce.

—¿De veras? —obviamente, Frank era uno de esos adultos que no concedían importancia a la edad. Excepto, quizá, para la mecánica, pues continuó—: Bien, este separador... —vertió la leche en el recipiente y pulsó un interruptor que accionó el aparato—. Esta cosa tiene casi cuarenta años, y fíjate cómo suena. —«Cómo chirría», habría sido una expresión más exacta. Frank abrió un grifo que había encima del recipiente—. ¿Quieres echarle un vistazo a esa lata y cerrar el grifo cuando esté casi llena?

—Claro —respondió Park. Se alegró de que Frank le diera algo que hacer. Contempló la lata llenarse, al parecer, de espuma, mientras que en la otra goteaba una masa amarillenta. En casa sólo bebían leche desnatada para no engordar, y la nata le llamó la atención. Empezó a sentirse más gordo con sólo mirarla. ¿Qué hacía Frank con ella? Una cosa así no se podía beber. Quizá sirviera para hacer helados. Café a la crema, crema batida, claro. Quizá mantequilla. Mantequilla, naturalmente. El color se parecía más al de la mantequilla que al de la leche. Pero, ¿cómo se sabía que estaba limpia? Ya tenía pruebas más que suficientes de lo sucias que eran las vacas. El establo estaba lleno de moscas, y de vez en cuando entraba algún pájaro. «Pasteurizada. ¿Recuerdas la clase de ciencias en cuarto, Louis Pasteur y los chavales con vacunas...?»

—¡Estúpido! —la chica cerró el grifo y retiró la lata de leche, de la que rebosaba una espuma blanca que caía al sucio suelo del establo. La chica refunfuñó en un idioma extraño algo que parecían insultos mientras cogía una lata vacía del otro lado de la habitación—. ¡Frank! —dijo más alto de lo necesario—. Este tonto tirar la leche.

Park se adelantó a ayudarla, pero ella lo detuvo con una mirada, puso la lata vacía en su sitio y volvó a abrir el grifo. Después cogió su cubo y lo vació en el recipiente del separador.

—¿Qué ocurrirte? —murmuró mientras trabajaba. Comenzó a burlarse, furiosa por la incompetencia de Park—. Tú no ordeñar. Tú sólo mirar. ¡Y no saber hacerlo! ¡No saber hacer cosa así de sencilla! —sus ces eran más parecidas a eses, y su aparte sonó como un revuelo de moscas.

Debería haberse excusado. Fue una estupidez de

su parte no haberse fijado en la lata, pero, en fin, si ella no lo hubiera tratado de esa manera...

Se dio la vuelta y salió del establo. Que ellos vigilaran su maldito separador. Hasta ahora, se las habían arreglado sin él. No lo habían necesitado. Ni lo necesitarían.

7

El castillo maldito

Park subió lentamente hacia la casa dándole patadas a una piedra, mirando atentamente dónde ponía los pies.

—¡Deteneos! —exclamó el anciano—. Me envían a preveniros. No os internéis por esa senda. Los nobles caballeros que lo hicieron nunca regresaron.

—Es mi obligación. Debo viajar a ese castillo y rescatar a los caballeros encadenados en sus mazmorras.

—Vuesta vida correrá peligro.

—Sea como fuere, debo ir —espoleó a su caballo y se encaminó a las torres que relucían sobre los árboles. El hombre se inclinó respetuosamente y lo observó hasta que las nobles formas de hombre y caballo casi desaparecieron en el verde del bosque.

«La suya puede ser la última voz amistosa que oiga en este mundo», pensó el caballero. Pero no se permitió sentir miedo ni tristeza. Avanzó en busca del peligro.

—¿Tan pronto de vuelta? —la señora Davenport se encontraba en el porche trasero y lo vio por la tela metálica antes de que Park la viera a ella. Por un embarazoso momento, Park deseó no haber movido los labios. Solía representar las escenas en voz alta, pero un día le oyeron y tuvo que hacer como si hablara con alguien que se encontraba al otro lado de un seto. Desde entonces, las representaba en la imaginación—. Creo que Frank está ordeñando —continuó la señora Davenport—. El establo está al pie de la colina.

Park asintió.

—Lo he visto —*Jupe* se le acercó y le olfateó la mano. Park vaciló, alargó la mano y le rascó el cuello. *Jupe* meneó el rabo—. Un buen perro —comentó.

—¿*Jupe*? Eso creo. Si es que te gustan los perros. Yo siempre he preferido los gatos. Mi hija tiene tres. Son preciosos. Mi nieto los lleva de un lado a otro y le gustan más que si fueran de juguete. Los viste y les hace de todo. Ellos lo adoran. Bueno —ser rió—, la verdad es que es difícil no adorar a ese niño. No me dejes que empiece a hablarte de él. Pensé traerme uno de los gatitos aquí, pero… —inclinó la cabeza a la izquierda—. Frank dice que nuestro amiguito no admitiría a nadie en la casa. Por aquí sólo andan los gatos que viven en los graneros, y son más ariscos que tigres. No se parecen en nada a los gatos domésticos.

Park le dio a *Jupe* una última palmadita y subió al porche. La señora Davenport estaba desgranando guisantes frescos en un colador sobre su regazo, se detuvo, olfateó el aire y bajó la pequeña nariz hacia las zapatillas de Park.

—Vaya, parece que nuestro amiguito de la ciudad ha tenido su primera gran aventura.

Park se ruborizó.

—Habrá que limpiarlas en el patio —dijo ella.

Park vio la manguera en la pared trasera de la casa. Abrió el grifo y dirigió el chorro a un pie. El agua fría comenzó a salpicarle. Se le empaparían los pantalones. Dejó la manguera y se quitó las zapatillas y los calcetines. Incluso después de lavarlas y de secarlas en la hierba, las zapatillas seguían verdes, pero el olor no era tan fuerte. Sus pies, enormes, tenían un color blanco enfermizo, como filetes de pescado crudo, pero no podía evitarlo. Cortó el agua, cogió las zapatillas y los calcetines mojados, y se dirigió de puntillas al porche, caminando torpemente sobre los rastrojos y el sendero de grava.

—Ahora nos sentimos mejor, ¿verdad?

Park respondió afirmativamente con un gruñido

y comenzó a esquivar a la señora Davenport de camino a su habitación cuando ella le preguntó:

—Ya conoces a la chica, ¿no?

Park asintió. Sólo había una chica que podía provocar ese gesto de las cejas y ese tono de voz.

—Un diablo, ¿verdad?

Park sonrió débilmente.

—Bueno, hijo, no permitas que te moleste. Se parece a uno de esos gatos montaraces, al principio todo uñas y dientes, pero una vez que se le hace saber quién manda…

¿Quería decir el ama de llaves que tenía que tratar a Zanh con dureza? Park no lo creyó así. Probablemente se refería a Frank, o quizá a ella misma, aunque eso parecía menos probable.

—Claro que da un poco de lástima —continuó, haciendo un gesto con la cabeza hacia un taburete que había en una esquina del porche.

Park lo arrastró hasta su lado y se sentó. Después de todo, era una charlatana y quizá fuese ella quien le respondiera a las preguntas que aún no se había atrevido a hacer.

—¿Sí? —le dijo para que continuara hablando.

—Bueno, supongo que tu tío Frank te habrá contado que él y esa mujer van a ser padres. —Era curioso ver cómo todo el mundo suponía que alguien ya le había contado algo. ¿Qué mujer? ¿Estaba casado Frank con la madre de aquella chica? Era difícil de creer—. Ella… ha sido la única durante dos años. Es natural que tenga miedo de que Frank la olvide cuanto tenga un hijo propio. —Era cierto. Frank *estaba* casado con la madre de aquella fiera. Vio cómo la señora Davenport pasaba el pulgar por las vainas y dejaba caer con pericia los guisantes en el colador. Sus manos eran grandes y rojas, y tenía las uñas estropeadas, pero sus movimientos eran ágiles—. Claro que si piensa eso no conoce a Frank. Frank Broughton es tan leal como el sol que sale todos los días.

A Park le gustó aquella expresión. Fuera lo que fuese Frank, le gustaba pensar que la lealtad del hermano de su padre era inquebrantable.

—Ummm... Mi padre... ¿Era mi padre como Frank?

No quería preguntarlo, al menos tan pronto. Simplemente, la pregunta salió de su boca como los guisantes de las vainas.

—No conocí a tu padre, hijo. Ya había fallecido cuando vine a trabajar aquí.

—Oh.

La señora Davenport no imaginaba cómo la contrariedad le oprimió el pecho a Park.

—Yo vine de Roanoke cuando... —otra vez el gesto con la cabeza hacia la habitación que daba al sur—. Cuando le dio el segundo ataque, más o menos cuando se casó Frank —se inclinó hacia Park—. Eso es una temeridad en este lugar. Un Broughton casado con uno de ellos. Los Broughton siempre han sido respetados por aquí. Es algo digno de admiración. Los arrendatarios se marchan, a su padre le da un ataque, los vecinos apenas si le dirigen la palabra, pero él no se echa atrás y se casa. Supongo que sabrá lo que hace. Apenas si llevaban en Estados Unidos tres o cuatro meses. Te lo digo yo, se oyó de todo. Tu tío siguió como si no le importara lo que decía la gente. Y aquí llega Sada Devenport y se mete de cabeza en este lío sin saber qué está pasando —agitó la cabeza, como si lo recordase—. Pero no me fui. No es que entienda por qué un caballero norteamericano, agradable, educado y apuesto, querría…

Park se inclinó hacia ella, pero la señora Davenport se calló al oír a Frank hablarle a *Jupe*. Se enderezó cuando Frank abrió la puerta de tela metálica.

—Vaya, aquí estás —le dijo a Park, esbozando su tímida sonrisa—. Temía que Zanh te hubiera hecho poner pies en polvorosa —entró en lo que Park supuso que era la cocina y regresó minutos más tarde con el cubo vacío—. Sada, esta tarde le he traído leche entera —dijo.

—Espero que no sea mucha. En ese pequeño *Kelvinator* no cabe nada.

—Dos litros, más o menos —se dirigió hacia la puerta que había enfrente—. Pasaré a visitar al coronel antes de irme.

Sada asintió.

—Dígale que no se ponga nervioso. Le llevaré la cena en un instante.

Frank dirigió a Park una sonrisa compasiva y desapareció por la puerta.

—¿Cómo se encuentra esta tarde, coronel?

La puerta de la habitación se cerró, y Park no oyó nada más.

Cuando la señora Davenport peló todos los guisantes, Park la siguió a la cocina anticuada y calurosa. Unas patatas hervían sobre el viejo hogar; había una antigua nevera con el motor encima y un solo fregadero oxidado bajo una ventana desde la que se veía el patio delantero, el huerto y, a lo lejos, la casa de Frank.

—¡Oh, Dios mío! —exclamó el ama de llaves—. Debería haber pelado los guisantes mientras Frank daba de comer a los cerdos. Bueno, que espere.

Preparó una pequeña olla con agua para los guisantes y sacó un pollo cocinado de la nevera, comenzó a trocearlo y a repartirlo en tres platos.

—¿Le ayudo? —preguntó Park.

—Eres muy amable. Un poco de ayuda no me vendría mal.

Le dijo que pusiera la mesa para dos en el comedor. Al final, Park tuvo que preguntarle tantas veces dónde estaban las cosas que a la señora Davenport le habría resultado más fácil hacerlo ella misma. Park se concentró en recordar lo que le decía para que la próxima vez le ayudara más y estorbase menos. Si pudiese cambiar ayuda por información...

Cuando el verde claro de los guisantes comenzó a ponerse grisáceo, la señora Davenport cogió algunos y los aplastó junto con las patatas y el pollo en uno de los platos.

—Volveré en cuanto pueda —suspiró y alzó la mirada—. Ojalá que estemos dispuestos a colaborar con Sada esta noche.

Estuvo ausente más de media hora, pero, finalmente, sirvió la cena. El pollo parecía frío y duro, pero el hambre le ayudaría. Park cortó la carne en trozos pequeños y la mezcló con las patatas. La señora Davenport lo miraba con la boca entreabierta, como una madre con la cuchara levantada frente a un niño testarudo.

Park tragó un bocado y sonrió.

—Está bueno —mintió. Manejando diestramente los guisantes requemados con el tenedor, los apiló en el lado derecho del plato, como balas de cañón de un verde enfermizo.

Ella lo observó.

—Aún no hemos probado esas verduras tan ricas —dijo.

Park forzó una sonrisa, montó tres guisantes en el tenedor y, al mismo tiempo, cogió el vaso de leche. Después de todo, no había por qué saborearlos. Siempre quedaba el recurso de tragárselos...

Sintió náuseas. Era como si intentara tragarse una cucharada de harina. Se las arregló para no escupir los guisantes y la leche, pero se le saltaron las lágrimas y se atragantó al intentar pasarlo.

La señora Davenport se inclinó hacia delante como si estuviera preocupada, pero Park adivinó el regocijo en su mirada.

—Los chicos de ciudad no sabéis lo que es la leche de verdad.

—Está buena —expresó con voz ahogada—. Pero me he atragantado.

—Vaya, vaya —dijo la señora Davenport llevándose un pequeño bocado a la boca.

Park dejó el vaso y se limpió la boca con una servilleta de papel amarilla. Ella no dejaba de mirarlo, y Park dejó la servilleta sobre las piernas y se buscó en los bolsillos, sentado medio fuera de la silla, hasta que localizó un *kleenex* arrugado con el que se enjugó las lágrimas y, tan discretamente como pudo, se sonó la nariz.

Ella dejó de mascar y lo observó con el tenedor levantado a medio camino de la boca. Park esbozó una débil sonrisa.

—Me parece que no tengo hambre. He comido demasiadas chucherías en el autobús.

—Debemos tener más cuidado con esas cosas, ¿no? —se llevó el tenedor a la boca y continuó mascando.

Salvado momentáneamente, Park dobló la servilleta y la dejó junto al plato. ¿Y ahora qué? Miró a su alrededor para no fijar la vista en la señora Davenport mientras comía. El papel pintado era viejo y estaba despegado en un rincón. Alguien había intentado pegarlo, pero sin éxito. Tenía dibujadas unas rosas descoloridas sobre un fondo de yedra. Intentó imaginar a la mujer que lo había elegido. ¿Su abuela? ¿La mujer del coronel? No pudo imaginarla. Era extraño que nunca hubiera pensado en su abuela, sólo en su abuelo.

—¿Cómo esté el…, mi abuelo?

La pregunta salió de golpe. No pensaba ni deseaba hacerla.

—¡Santo cielo! —exclamó ella—. No lo sé. —miró un momento la patata que tenía en el tenedor—. No sé, supongo que igual —dijo como si Park supiera qué era «igual».

Sin embargo, eso quería decir que el anciano no continuaba «alterado» por su llegada, ¿verdad? ¿No era «igual» mejor que «alterado»? ¿O quería decir que aún seguía alterado? «Mañana le pediré que me deje entrar a verlo —decidió Park—. Mañana ya le resultaré simpático y me dejará verlo, sé que él no se enfadará al verme.» Pero con sólo pensar que entraba en la habitación se le ponía la carne de gallina.

—¿Has llamado ya a tu madre? Tu tío Frank dijo antes que deberías llamarla.

—Es verdad —se levantó—. Más vale que lo haga ahora.

—El teléfono está en la cocina, junto al fregadero.

Llamó a cobro revertido. Randy contestó antes del segundo pitido.

—¿Pork? —dijo.

—¿Acepta una llamada a cobro revertido de Park Broughton? —preguntó la telefonista.

—Me tenías preocupada…

—Señora, ¿acepta una llamada a cobro revertido..?

—Naturalmente. ¿Por qué no has llamado a las cinco…?

—Hable, por favor.

—¿Mamá?

—¿Estás bien? ¿Va todo bien?

Park echó un vistazo hacia la puerta y vio a la señora Davenport mascando plácidamente. Deseaba tanto encontrar una excusa para levantarse de la mesa que no advirtió que ella seguía allí sentada, atenta.

—Sí, estoy bien —dijo en voz baja.

—Tienes una voz rara.

—No me pasa nada. Estoy bien. ¿Cómo estás tú?

—Oh, estoy bien. Más tranquila. ¿Por qué no me llamaste a las cinco? Vine del trabajo más temprano para estar aquí.

—Lo siento. Estaba ordeñando a las vacas —susurró, tapándose la boca con la mano.

—¿Ordeñando? —ella se rió con incredulidad—. ¿Ya te ha puesto Frank a trabajar?

—Sí —mintió.

—¿Cómo está Frank?

—Bien. Mamá... —miró a la señora Davenport, quien dirigía una mirada sesgada a la cocina. Park se alejó de la puerta todo lo que le permitió el cable del teléfono—. Mamá, ¿por qué no me dijiste que papá tenía un hermano?

—¿Quién? ¿Frank? Claro que te lo dije. Lo olvidaste.

No se lo había dicho. Él se habría acordado de algo así.

—No me lo dijiste —su madre permaneció callada tanto tiempo que Park pensó que se había cortado la comunicación—. ¿Mamá? ¿Sigues ahí?

—Sí, sigo aquí. ¿Cómo está el coronel? —preguntó finalmente.

—Igual —eso era lo que le habían dicho a él, además de que se había alterado con su llegada, pero eso no iba a decírselo a su madre.

—Ya —dijo ella, como si las palabras tuvieran sentido. Otra larga pausa—. ¿Park?

—¿Sí?

—Te hablaré de tu padre... En cuanto tengas edad.

«Mamá —quería gritarle—, tengo casi doce

años.» Pero no pudo, no mientras estuviese allí la señora Davenport, estirando el cuello como un acordeón para intentar oír los susurros.

—Te quiero, hijo. No lo olvides.

—Claro —respondió tristemente—. No te preocupes. Te llamaré dentro de un par de días.

—Llámame si te hace falta algo. ¿Estás bien ahí, hijo?

—Muy bien —susurró con fiereza—. No te preocupes —después, en voz alta, para que lo oyera la señora Davenport, añadió—: De acuerdo, entonces. Te llamaré. Adiós.

8

En el manantial

Se levantó con las primeras luces. Por un instante permaneció inmóvil en la cama elevada e intentó recordar dónde estaba. Al canto agudo y altivo del gallo le respondió un grave mugido. Entonces cogió las gafas de la mesilla de noche, apartó las sábanas de algodón y saltó al suelo. Su madre le había comprado un pijama para que no durmiera en ropa interior en casas extrañas, pero el fino tejido era una mezcla de algodón y poliéster de tacto frío. El cuarto de baño estaba lejos para ir sin bata. Rápidamente, se puso la ropa, menos los pantalones manchados, y, con el cepillo de dientes y el bote de dentrífico en la mano, se dirigió en calcetines hacia la escalera.

Mantuvo aguzado el oído para ver si había alguien despierto —¿no era en las granjas donde la gente se levantaba al amanecer?— y, entonces, comprendió que los habitantes de aquella casa no

eran de los que se levantaban temprano: un inválido, un ama de llaves majareta y un inútil chico de
ciudad. Al pie de la escalera, al otro lado del reloj
de pared, estaba la pesada puerta de madera,
cerrada. Tras ella, dormía Parkington Waddell
Broughton Tercero, o lo que quedaba de él.

¡Un milagro! El muchacho simplemente
entró, le puso la mano al rey en la frente, y
el anciano se incorporó y pidió la espada.
¡Curado! ¡Curado! El simple roce de esa
mano joven; los lazos del amor y el parentesco vencieron a los lazos de la enfermedad y la muerte. El simple roce de aquel
joven inocente...

Park se obligó a desviarse a la derecha y a dirigirse al cuarto de baño. Se cepilló los dientes con más
cuidado de lo normal para tardar el doble. Ya.
¿Qué iba a hacer el resto del día? Miró la hora. Las
cinco y diecisiete. ¿Las cinco y diecisiete? Era inútil volver a la cama. Estaba completamente desvelado. En el caos del porche trasero halló un par de
botas de caucho que sólo eran un número mayor
que el suyo y salió silenciosamente por la puerta de
tela metálica, cerrándola con cuidado para que no
diera un portazo.

Respiró el aire limpio y fresco. Nunca había vivido tan de cerca un amanecer de verano. Fuera, se
oía con más nitidez el cacareo matutino y los ruidos

de los animales. *Jupe* se acercó trotando desde la perrera a olfatearle la mano. Inclinó la cabeza para que Park lo acariciase.

—Buen chico —susurró—. Buen chico, *Jupe* —el perro movió el rabo. Park respiró hondo. El aire estaba libre de malos presagios. Se enderezó.

«Caminaré entre las granjas y recorreré mis tierras antes del desayuno. El senescal es un sirviente intachable, pero, cuando regreso de mis aventuras, los corazones de los campesinos se alegran al ver a su señor.» Asintió y le tocó la frente a la doncella que recogía huevos y al zagal que llevaba la comida a los cerdos. Se detuvo a saludar a los labradores que marchaban a los campos y, después, fue al manantial a beber de su deliciosa agua fresca. «Cuando está en el castillo —decían los campesinos—, el señor no empieza un día sin beber del manantial.»

Al pasar junto a la pocilga, los cerdos trotaron hasta el comedero, entrechocando sus cuerpos cubiertos de barro y lanzando chillidos de expectación. Les hizo una reverencia.

—¡Ay, pobres cerdos! —exclamó, girando la cabeza hacia *Jupe* y soltando una risita lastimera.

Jupe lo miró desconcertado.

Zanh no estaba por los alrededores para verle saltar la cerca, pero llevaba al perro, de modo que abrió la cancela con cuidado para que *Jupe* pasara, luego pasó él con un ágil movimiento y volvió a enganchar el lazo de alambre en el poste.

¿Por qué olía mucho mejor la granja aquella mañana? Los excrementos de las vacas seguían allí, pero sólo los olía si se concentraba. El aire era limpio y fragante, casi tan limpio y fresco como el agua del manantial. El sol subía por el horizonte, pintando el cielo de un azul radiante. Algo se agitó en su interior, y sintió ganas de saltar y correr. Eso es lo que haría para que aquellos interminables días se le hicieran más cortos. Correría. Crecería cinco centímetros y perdería nueve kilos. No, no tendría la corpulencia necesaria para jugar al fútbol. No perdería peso, se limitaría a convertir cualquier atisbo de carne fláccida en músculo, eso es lo que haría. A partir de hoy. Desde ahora mismo. Dejó el carril de tierra y caminó por el prado hasta que encontró un lugar libre de piedras y estiércol. ¡Cien flexiones todas las mañanas antes de desayunar! ¡Eso es lo que haría! La hierba estaba húmeda, pero aquello no era ningún impedimento.

Una. Dos. Tres. Se levantaba del suelo con rapidez. Cuatro. Ciiinco. A la sexta apenas si podía levantar la cintura de la hierba, y a la séptima se desplomó boca abajo en la hierba húmeda, jadeando. Sería mejor llegar a cien poco a poco. Debería haber hecho más ejercicio aquel año en lugar de leer tanto. ¿Cuántas veces se lo había dicho Greg? Tenía razón. ¿De qué le servía a alguien ser alto para su edad si luego era tan flojo que no podía pertenecer al equipo de fútbol?

El frío le atravesaba la camiseta, y *Jupe* le olfateaba el cuello. Park se levantó, pero no sin echar antes un vistazo a su alrededor para asegurarse de que no lo había visto nadie. Acarició a *Jupe* tras las orejas y cruzó el prado hacia el manantial.

Tenía la mano en la puerta de la caseta cuando oyó un ruido. Había alguien dentro... Apenas si eran las cinco y media de la mañana y había alguien dentro llorando desconsoladamente. Tenía que ser Zanh. Aunque era difícil imaginar a aquella pequeña fiera llorando, Park estaba seguro de que era ella. *Jupe* lanzó un grave gemido. Park alargó la mano para tranquilizar al perro, pero era demasiado tarde. La chica abrió la puerta de un tirón, con tanta brusquedad que él y *Jupe* estuvieron a punto de caer adentro.

—¡Tú! —gritó—. ¿Qué hacer tú aquí? ¡Mi lugar! ¡Tú no espiar! ¡No espiar!

Levantó los brazos para golpearle, pero Park la esquivó, y ella cayó de rodillas, llorando de ira y de frustración.

Park la compadeció, pero no del todo. Ella, desde luego, no le había mostrado ninguna simpatía.

—Oye —le dijo con la voz más amable que logró adoptar—. No te preocupes. No le contaré a nadie que te he visto.

Pero ella no dejó de llorar ni de golpear la tierra con los puños.

—¿Por qué venir? ¿Por qué venir?

¿A la granja? ¿Al manantial? ¿A qué se refería?

—He venido a beber agua —le respondió, pues parecía la respuesta más sencilla.

—¡Mentira! ¡Mentira!

—Me levanté temprano —le dijo Park con voz irritada—. Quería beber agua.

Entró en la caseta esquivando a la chica y cerró la puerta tras de sí. Amarilla. ¿A quién llamaba mentiroso?

Se sentó en el borde de la pileta para recobrar el dominio de sí mismo. No iba a cederle el manantial. No era de ella.

> —Y si tengo que hacerlo, retaré al Caballero Negro a batirse en el campo del honor, del que uno de nosotros sólo se levantará para ser llevado al lecho de la muerte. Pues no le pediré cuartel, ni se lo concederé a tan terrible enemigo...

Como si le respondiera, ella abrió la puerta, que se estrelló contra la pared interior haciendo temblar la pequeña estructura.

—¿Qué hacer? —le interrogó.

—Ya te lo he dicho, voy a beber un poco de agua.

—¿Dónde tu vaso?

—Yo...

Ella hizo un gesto con la cabeza.

—Tonto. Usar coco.

—Ya lo sé.

—Yo enseñar —le dijo, cogiendo el coco de la repisa que había sobre el caño—. Quitarte.

—Sé cómo beber.

—Decir que quitarte. Yo enseño.

Park se apartó, salió de la caseta y comenzó a subir por el camino. *Jupe* se quedó quieto, moviendo la cabeza de la puerta de la caseta al chico como si presenciara un partido de tenis.

Park le silbó.

—Vamos, *Jupe* —lo llamó. El perro vaciló un momento, después se volvió y corrió hacia él. Park se irguió. ¿Estaría ella mirando? Claro que estaría mirando. Le dio la espalda a la caseta del manantial y se encaminó hacia la granja sin volver la vista. Aquello le serviría de lección.

Cuando cruzaba la valla, cambió de opinión.

—Quédate aquí, *Jupe* —le ordenó antes de correr al establo principal, donde, con toda seguridad, Frank estaría ordeñando a las vacas.

—¿Puedo ayudar? —Park tuvo cuidado de emplear un tono amistoso, pero suave, para no molestar a las temperamentales vacas.

Frank lo saludó con una sonrisa.

—Claro. Lávate las manos y coge un taburete. Te enseñaré.

Por algún motivo, no le importó que se lo dijera Frank.

—¿Ves? Fíjate. Se aprieta un poco arriba y haces como si empujaras la leche para abajo. Inténtalo.

La ubre pecosa de la vaca estaba caliente y, sorprendemente, era rugosa al tacto. La apretó y empujó. No ocurrió nada.

—No te preocupes —lo consoló Frank—. Ya le cogerás el truco. Sigue intentándolo.

Apretó, empujó, retorció, tiró y volvió a apretar, y al fin, al fin, apareció una gota minúscula de líquido blanco.

—¡Lo conseguí! ¡Lo conseguí!

La vaca dio un pisotón en el suelo y le pasó el rabo por la cara.

—¡Sooo! Tranquila —exclamó Frank—. La próxima vez procura que la leche caiga en el cubo y ya estarás camino de aprender.

En la hendidura de una de las grandes botas de trabajo de Frank, justo al acabar los cordones, había unas gotas de leche. Park se quedó mirándolo. No le salían las palabras. Tenía la cara al rojo vivo. Frank agitó el pie.

—Venga, inténtalo otra vez —sin alzar la vista ni mirar a su alrededor, Park agarró la ubre de nuevo. Nada. Empezaba a acalorarse. Cogió la ubre con la mano derecha y apretó con la izquierda. La leche salió, pero la vaca pateó y se movió—. Con suavidad —le aconsejó Frank—. Ten un poco de paciencia.

Park oyó que tras él se abría y se cerraba la puerta. Zanh apareció en una esquina de su campo de visión, palmeó a una vaca en las ancas para ponerla en posición y arrastró un taburete y un cubo hasta allí. En su cubo metálico comenzó a oírse un *ping pang, ping pang* rítmico, a dos manos.

—Tranquilo. Con suavidad, pero con firmeza —le decía Frank al oído.

El *ping pang, ping pang* era como un obligado *piccolo* y coqueto que acompañaba a la voz de barítono de Frank. Park se concentró en la ubre pecosa y en el chorrito de leche templada que Frank dirigía intermitentemente al ya medio lleno cubo. No iba a permitir que aquella amarilla... Esa era la palabra, *amarilla*, ¿no? Con sólo pensarla, se le estiraba la boca en una sonrisa. Amarilla. Amarilla. Amarilla. Apretó la ubre. Amariiilla. Tiro de ella a todo lo largo. Amariiilla. Amariiilla. Amariiilla.

—Una mano —murmuró Zanh—. Sólo poder con una mano.

Frank no le hizo caso.

—Muy bien —le dijo a Park. Se levantó y cogió su taburete—. Acaba tú con ésta y yo empezaré con otra.

Park asintió alegremente. Amariiilla. Amariiilla.

El *ping pang* a su izquierda se convirtió en *psss psss*. La leche de la vaca que ordeñaba Zanh caía ahora sobre el cubo medio lleno en lugar de caer sobre el metal. No importaba. Amariiilla. Era tan reconfortante decir las palabras por lo bajo como mandarla a freír espárragos. Amariiilla. Trató de apretar la ubre con la mano izquierda. Nada. Con la derecha lograba extraer un chorrito. Pero quedaba mejor tener una mano en cada ubre, de forma que continuó apretando izquierda y derecha alternativamcntc, aunque de la ubre de la mano izquierda no salía nada, y de la derecha apenas si salía un hilo de leche.

Frank terminó con su segunda vaca y se levantó a vaciar el cubo. Zanh también se levantó. Presumía. Frank echó un vistazo a su cubo.

—¿Seguro que la has ordeñado bien? —le preguntó tranquilamente.

—Seguro —replicó ella—. Terminar.

—No es una carrera, Zanh.

—Terminar, he dicho.

—Anda, ordéñala un poco más. No es bueno dejarle a una vaca vieja...

—Vale, vale. Hacerlo.

Amariiilla. Amariiilla. ¡Toma! Frank sabía cómo manejar a aquella gata montaraz. Park disfrutaba. Apoyó la frente en el flanco marrón y blanco de la vaca para ocultar su regocijo. Se lo merecía por presumir tanto. Amariiilla. Amariiilla.

—¿Cómo vamos?

—Oh. Bien, supongo —Park bajó la vista para comprobar que no había derramado la leche en el suelo de tierra del establo.

—Ya estás cogiendo mejor ritmo. Un poco más de fuerza en esas manos y te habrás convertido en un experto ordeñador.

Park se ruborizó. Por el rabillo del ojo vio a Zanh levantarse del taburete y caminar pesadamente con el cubo a la habitación del separador. No le importaba. Frank había dicho que no era una carrera. En todo caso, con algo más de práctica lograría aventajarla. Tenía las manos el doble de grandes que ella y, además, tenía algo que le faltaba a ella. Ganas.

9

A las armas

La señora Davenport sirvió la leche de un jarro grande de la nevera y removió con una cuchara el contenido del vaso antes de dejarlo sobre la mesa frente a Park. La nata seguía flotando sobre la leche. Park sintió náuseas. No lo pudo evitar.

—Creo que a los chicos de ciudad os gusta homogeneizada —comentó, observándolo con una expresión divertida.

Park negó con la cabeza. Su madre compraba la leche desnatada en cuanto engordaba un kilo, pero no se lo diría a la señora Davenport. A la gente del campo le gustaba los niños gordos, ¿no?

—Está buena —musitó.

La señora Davenport le dio un plato con dos huevos fritos flotando en aceite y una gruesa loncha de tocino sin magro apenas.

—Las galletas vienen en seguida —dijo.

Tendría que beber leche para pasar los huevos,

pero no sabía si lo lograría sin volver a sentir náuseas. La señora Davenport permaneció de pie, con la mano en la cintura y una sonrisa en el rostro rosáceo y empolvado, como si tuviera intención de quedarse a ver a Park tragarse hasta el último bocado. Al fin, se volvió a la cocina y comenzó a prepararle el desayuno al enfermo. Puso en una bandeja un plato con un huevo duro troceado, una taza de café y, cuando sacó las galletas del horno, una galleta con mantequilla y un poco de mermelada, que partió en pequeños trozos.

—Ahora vuelvo —dijo—. Vamos a ver si hoy nos apetece desayunar.

Park hizo ademán de levantarse.

—¿Le ayudo? ¿Le llevo la comida o...?

—Oh, no, hoy no —le respondió—. La terapeuta viene los jueves. Siempre se pone más nervioso cuando viene la terapeuta —el tono de su voz aclaraba lo poco que pensaba en la terapeuta.

Park buscó a su alrededor un lugar donde deshacerse de los huevos. Al menos, podría tirar la leche por el fregadero. Lo hizo inmediatamente, fregándolo para eliminar todo rastro. ¡El cubo de desperdicios para los cerdos! Estaba en el porche trasero, de donde lo recogía Frank para llevarlo a la pocilga. Troceó y trituró los huevos y el tocino hasta que nadie los pudiera reconocer, cogió un puñado de vainas de guisantes, tiró el desayuno, puso las vainas encima y volvió a colocar la tapadera del cubo.

¡Fiiiu! La señora Davenport aún no había regresado, así que cogió un par de galletas calientes. Les untó mantequilla y mermelada y se las comió de pie. Con un buen vaso de leche homogeneizada, o incluso desnatada, hubieran estado menos secas, pero, incluso así, resultaron un desayuno decente.

La señora Davenport aún no había regresado cuando Park acabó, así que fregó el plato, el vaso y los cubiertos y los dejó ordenadamente junto al fregadero. Desde la ventana se veía la casa al otro lado del jardín. Mientras miraba, se abrió la puerta principal, y una mujer salió al pequeño porche. Se encontraba demasiado lejos para distinguir su rostro, pero estaba, como dicen en el cuento de Navidad, en estado de buena esperanza. La madre de Zanh. La esposa de Frank. Sin embargo, a Park le seguía resultando difícil creer que Frank se hubiera casado con una de ellas.

Tenía un felpudo en las manos y lo sacudía sobre la baranda. Se detuvo y se volvió hacia la puerta abierta, como si hablara con alguien. Entonces salió Frank. Tras un intercambio de palabras, él le quitó el felpudo de las manos. Ella parecía protestar, pero Frank le puso una mano en el hombro y la acompañó al interior. Cerró la puerta tras ellos. Igual que cualquier marido con su mujer embarazada.

Unos segundos más tarde Frank apareció por la parte posterior de la casa. Llevaba un sombrero de paja. Cruzó el sembrado que había al otro lado del huerto y la verja delantera, y desapareció colina abajo en dirección a los establos. Tan pronto como se fue, la mujer volvió a salir y comenzó a sacudir el felpudo con todas sus fuerzas. Bueno, ya sabía a quién se parecía Zanh, ¿no? Pobre Frank, que se las tenía que ver con dos de ellas.

Park observó a la mujer hasta que terminó su tarea y volvió a entrar en la casita. ¿Y ahora qué? Salió al porche trasero y se preguntó qué hacer el resto del día. Allí estaba, en la granja que debía haber sido su reino y se sentía más prisionero que otra cosa. ¿Por qué le dijeron que podía venir si no tenían intención de dejarle que se divirtiera? No le habría importado que no lo entretuviesen si hubiera podido explorar con toda libertad, pero aquella pequeña... Aquella pequeña amarilla siempre aparecía cuando menos se lo esperaba. Amariiilla. No le quedó más remedio que reírse al recordar lo del establo.

Descubrió el armero en un rincón, casi oculto tras un perchero de pie con abrigos y chaquetas de invierno. Park se acercó y apartó el perchero a un lado. Siempre quiso tener un arma. Su madre le decía que no se podían tener armas en la ciudad, pero ése no era un verdadero motivo. Ni siquiera le permitiría tener una escopeta de aire comprimido. No quería ni oír hablar de las armas. Tres años antes, descubrió la pistola de juguete que había cambiado por la baraja de cartas de béisbol y gritó como si la hubiese herido. Salió de casa a las nueve de la noche para asegurarse de tirarla en un lugar que Park no la volviera a encontrar. Allí estaban... Ocho rifles alineados tras el cristal del armero. Se aproximó y tiró de la puerta. Cerrada. Su famosa mala suerte.

Ya sabía lo que haría. Se lo diría a Frank. Así le demostraría lo maduro y responsable que era. Le pediría que le enseñara a manejar y disparar un arma. A los hombres les encantaba hacer aquel tipo de cosas. A los hombres de verdad. ¡Ja!, Frank se entusiasmaría enseñándole.

Halló a Frank en el cobertizo, llenando el depósito de combustible del tractor.

—¿Hago algo? —le preguntó Park educadamente. Quería que Frank viera las ganas que tenía de ayudar.

—Oh, no...

—No sé mucho del trabajo en una granja —intentó parecer humilde—. Pero quiero aprender. De verdad.

Frank dejó la lata de gasolina, le puso el tapón y, después, cerró el depósito del tractor.

—¿Quieres aprender algo en particular?

—Oh, no sé. La verdad es que no me gusta ser un estorbo.

Fue un error decirle eso. Si Frank no había pensado en ello antes, ahora, con toda seguridad, lo haría.

—Bueno, vale. Zanh está limpiando el huerto de malas hierbas. Podrías ayudarla, si quieres.

No era eso precisamente lo que más deseaba.

—Claro —dijo—. Y alguna vez…

—¿Sí?

—Bueno, siempre he querido aprender a… En fin, como vivo en la ciudad, no he tenido oportunidad… Quiero decir que, si me voy a quedar aquí dos semanas…

Frank alzaba más las cejas a cada frase. Park se apresuró a ir al grano.

—¿Quieres enseñarme a disparar?

Frank vaciló, pero sólo un instante.

—De acuerdo —respondió—. Supongo que no te vendrá mal aprender a tenerle respeto a las armas.

Park se ruborizó de alegría.

—Lo juro —dijo—, tendré mucho cuidado. Sólo haré lo que me digas.

—Estaré en casa a las tres y media. Antes de ordeñar.

—Gracias.

—Pero te agradecería que no presumas de esto con Zanh.

—Oh, no. Claro que no. A las chicas no les gustan las armas.

—A las chicas que han vivido una guerra no suelen gustarles, no.

Park la encontró sentada en cuclillas, arrancando

hierbas junto a las matas de guisantes, con la gorra roja de béisbol echada hacia atrás y, debajo, el pelo pegado con el sudor a su rostro tostado.

—Frank me ha dicho que te ayude.

Ella alzó la vista, los ojos brillantes.

—¿Tú ayudarme?

—Sí.

—Yo enseñarte —le dijo ella.

—Vale.

No permitiría que lo humillase.

Ella se levantó.

—Tú aquí —le indicó el lugar donde ella trabajaba—. Arrancar todo lo que no suba por caña.

Park asintió y comenzó a trabajar sin decir palabra. La idea de aquella hilera de armas tras el cristal del armero lo mantendría entretenido un buen rato. Era como si hubiesen estado esperándole a él.

Park estaba en el porche bastante antes de las tres y media. Oyó un coche que se acercaba a la puerta principal, los ladridos de aviso de *Jupe* y, después, en la puerta, el saludo de la señora Davenport y la respuesta, en tono decidido, de una mujer..., sus voces mientras atravesaban el vestíbulo..., el saludo de la mujer en la puerta de la habitación de su abuelo..., el golpe de la puerta al cerrarse.

En ese momento apareció Frank por la esquina de la casa. Park le abrió la puerta de tela metálica.

—¿Recuerdas...?

—Por regla general, cumplo mi palabra —dijo tranquilamente.

—Oh, no quería decir que…

Frank entró en la cocina. Park lo oyó abrir un cajón, y después regresó al porche con un llavero en la mano. Movió las llaves entre el pulgar y el índice hasta encontrar la que buscaba. Abrió el armero, sacó el rifle más pequeño y se lo dio a Park.

—Es un rifle del calibre veintidós, de un solo disparo —le dijo—. Tamaño juvenil —debió notar la reacción de Park, pues continuó—: Es una buena arma para empezar, pero eso no quiere decir que sea de juguete. Si no sabes cómo manejarla, podrías matar a un hombre con ella.

—Sí, señor —murmuró Park, creyendo necesario asegurarle que le tendría respeto.

Con otra llave, Frank abrió uno de los cajones inferiores de madera y sacó una pequeña caja de munición. Después, volvió a echar las dos llaves, se las guardó en el bolsillo y le cogió el rifle a Park.

—Ya tengo el blanco en el *jeep* —dijo—. Creo que será mejor que vayamos al prado más lejano. Allí no molestaremos a nadie.

Tras la primera cancela, Frank se sentó al volante y dejó que fuese Park quien saltara del coche y abriera y cerrara cada cancela. Fue un trayecto largo y lleno de baches, y cuando Frank apagó el motor y puso el freno de mano, estaban a varias colinas de la casa, junto a un largo cobertizo que se había puesto gris con el paso del tiempo. Las ovejas se aproximaron y se arrimaron al *jeep*.

—Vamos a decepcionarlas —comentó Frank—. Creen que les traemos sal.

Parecía que iban a tardar toda la vida. Primero, Park oyó la repetición del discurso sobre «este rifle no es un juguete». Después, Frank cogió el rifle y le enseñó a desmontarlo, limpiarlo y montarlo. A continuación le dijo el nombre de todo lo que sobresalía del cañón. Por último, le enseñó a cargarlo y descargarlo. Le hizo repetir todos los pasos varias veces.

«Vale. Vale. Entiendo. Vamos a disparar ya.» Pero no se atrevió a decirlo en voz alta. Al fin, le permitió encararse el rifle con el seguro puesto.

—Primero buscas el objetivo. Entonces apuntas, asegurándote de que el punto de mira coincide con esa hendidura que hay en el centro, ¿de acuerdo?

Por mucho que lo intentaba, no coincidían.

Frank se rió.

—Inténtalo guiñando el ojo izquierdo y mirando con el derecho.

Park se sonrojó y guiñó el otro ojo. Funcionó.

—Ahora, espera. —¿No se daba cuenta Frank de lo impaciente que estaba? Su tío fue al *jeep* y sacó una bala de paja, que colocó sobre un promontorio. Sobre la bala había una estropeada diana de círculos concéntricos. Cada círculo tenía un número. El exterior tenía un cinco y el central un

veinticinco. Los números restantes estaban aguje-
reados—. Tu padre y yo la dejamos hecha un colador, pero espero que nos sirva por ahora.

Tu padre y yo. La misma diana con la que su
padre había aprendido a disparar. Park comenzó a
temblar. El mismo rifle, probablemente. El mismo
rifle.

—Con un objetivo bajo, como éste —le aconse-
jaba Frank—, será mejor que te tumbes. Ahora,
¿qué es lo que hay que tener siempre en cuenta con
un arma?

—¿No pegarme un tiro?

—Buen chico. Ni a mí tampoco —sonrió—.
Ahora comprueba que tienes el seguro puesto hasta que no vayas a apretar el gatillo. Vale, espera un
momento —Frank caminó hacia las ovejas, que mi-
raban como espectadores en el hoyo dieciocho de
un torneo de golf—. ¡Eeeh! ¡Eeeh! ¡Fuera! —agitó
los brazos, y las ovejas trotaton obedientes y desaparecieron al otro lado de la colina. Frank le dirigió
una sonrisa a Park y siguió dándole consejos mientras caminaba hacia él—. ¿Tienes aún el seguro
puesto? Vale. Bueno, ahora haz coincidir el punto
de mira con el centro del blanco. No te apresures.
Tranquilo. Tranquilo —se colocó tras su hombro
izquierdo—. Ahora ya puedes quitar el seguro y
disparar cuando estés preparado —dijo en voz
baja.

La caja de munición quedó casi vacía antes de

124

que Park lograra siquiera darle al blanco, pero Frank no parecía preocuparse.

—Bien —decía—, ese estuvo mejor. Vale, más cerca.

Al fin…

—¡Eh!, no dispares. Creo que le hemos dado al cinco —se acercó a la diana y metió el dedo en un orificio—. ¡Vaya! Un nuevo agujero. Vamos bien.

Con la excitación, Park falló los siguientes, pero tras disparar cinco veces más, Frank comenzó a cerrar la caja de munición.

—Es hora de ordeñar —dijo—. No debemos hacer esperar a las damas. Vamos a ver. Tú y yo sabemos que este rifle sólo dispara una bala cada vez, pero es una buena costumbre tratarlo como si estuviera siempre cargado. Bien. Abre el cerrojo y comprueba que la recámara está vacía. Estupendo. Ahora vuelve a poner el cerrojo en su sitio y empuja el seguro hacia delante. Ya está. ¿Por qué no dejas el rifle en el *jeep* mientras yo guardo la diana en aquel cobertizo hasta la próxima vez?

—Ha sido estupendo —le dijo Park—. ¿Será mañana la próxima vez?

—Ya veremos —contestó Frank, pero asintió al decirlo.

Park se despertó por la noche, demasiado excitado para conciliar el sueño. Permaneció tumbado en la ancha cama, imaginando que apuntaba a la vieja diana de su padre. Esta vez, los tres primeros disparos dieron en el cinco, después en el diez. Al fin… ¡diana! «¡*Ése es mi chaval!*» Se volvió al oír aquella exclamación de orgullo y vio a un hombre bronceado, con gorra de aviador, sonriendo de satisfacción.

Se preguntó si Frank habría dejado las llaves del armero en el cajón de la cocina. Cuando guardó el rifle, su tío fue a la cocina, pero Park no lo siguió. No deseaba que Frank pensara que quería saber dónde guardaba las llaves. Naturalmente, no utilizaría el arma sin que Frank estuviera presente, pero, aun así, no dejaba de preguntárselo. Si Frank había dejado las llaves en el mismo lugar, ¿no era señal de que confiaba en él?

De repente, no pudo permanecer tumbado por más tiempo. Estaba tan inquieto como su viejo hámster, que se pasaba la noche dándole vueltas a la noria de su jaula —*tiquití, tiquití, tiquití*—, hasta que su madre perdía los nervios. Ella le obligó a regalárselo a alguien. Después, sintió remordimientos y le compró un pez de colores. ¿Has intentado alguna vez estrechar a un pez de colores entre las manos? Al final murió, no por haberlo estrechado entre las manos, más bien por abandono.

Park apartó las mantas y se puso una camiseta para protegerse del frío de la noche. En la ciudad nunca hacía frío las noches de verano. Había noches en las que sudaba hasta quedar empapado, y apenas si podía respirar. Bajó la escalera de puntillas.

Al llegar al último escalón, oyó algo que lo sobrecogió y lo dejó clavado al suelo. Nunca había oído el lamento de un adulto en la vida real; quizá en la televisión, pero no como aquel.

Park se deslizó hasta la puerta del dormitorio y apoyó el oído contara la madera. Sí. El viejo lloraba, lloraba desconsoladamente. ¿Qué le ocurriría? ¿Le dolía algo? ¿Se sentía solo? ¿Estaba enfadado? ¿Qué podía ser tan terrible para que un hombre que se había pasado la vida en el Ejército —coronel, veterano de muchas batallas—, un soldado, un héroe, llorase en voz alta a medianoche?

Por segunda vez aquel día, escuchaba a una persona llorar al otro lado de una puerta. *Park, mirón.* No debía hacerlo, lo sabía. No era asunto suyo. Pero, ¡por el amor de Dios!, aquel hombre no era un extraño; era su abuelo, su ascendiente. ¿Debía hacer algo? ¿No debería llamar a la señora Davenport o a Frank? ¿No debería…? ¿No debería echar abajo la pesada puerta para asegurarse de que todo marchaba bien?

Apretó el pomo. ¿Se lo estaba imaginando o los gemidos eran más altos y desoladores? Retrocedió. «¿Qué te parecería si un extraño entrase en tu habitación cuando estuvieras llorando? Y eso que yo soy joven. Pero, ¿y si necesita ayuda? ¿Y si siente un terrible dolor y no alcanza el timbre o lo que sea?» Park rozó el pomo. La puerta se alejó de su mano.

La lámpara de la mesilla de noche estaba encendida y proyectaba su luz sobre la almohada. Una almohada vacía. Park sintió que se le salía el corazón por la boca. Entonces lo vio. El anciano estaba levantado, con el cuerpo balanceándose encorvado sobre la estructura metálica de un andador. Los gemidos cesaron bruscamente, al tiempo que la cabeza se torcía a mirar al intruso.

Park abrió la boca, pero la tenía seca. Quiso decir algo. ¿Te encuentras bien? ¿Qué ocurre? ¿Te ayudo? Algo.

Aaaah. El aullido, pues se trataba de un aullido, era casi inhumano, el lamento de un animal herido. Park se dio la vuelta y emprendió la huida.

10

El caballero andante

Tenía frío. Tanto frío que quizá nunca volviera a recuperar el calor. Quería levantarse y coger otra manta del armario, pero no podía moverse. Si sacaba la cabeza de la cama, volvería a oír aquel lamento.

Estaba helado.

—Aaaah. Aaaah.

Lo oyó tan bajo que no supo con certeza si lo soñaba. Sabía que no debía haber mirado. Pero lo había hecho. Vio lo que nadie podía ver y seguir viviendo.

El frío le volvió a helar el corazón. Se encogió, pero no le sirvió de nada. Había mirado. Y ahora la maldición había caído sobre él. ¿Por qué? ¿Por qué había abierto aquella puerta? ¿Por qué se despertó a medianoche? ¿Por qué bajó? ¿Por qué se le había ocurrido ir a aquel terrible lugar, santo Dios?

Su madre no quería que viniera. Había intentado

protegerlo, pero él exigió saberlo todo. Es mejor no saber algunas cosas, pero él fue demasiado estúpido y testarudo para comprenderlo. Aquel día soleado de febrero, al tocar la piedra negra y brillante, pensó que todo sería maravilloso, que el secreto era un tesoro, como el Grial, del que su madre tenía envidia. Si él llegaba a vislumbrarlo, sería rico y noble, se liberaría, escaparía de su vida triste y miserable. Pero, después de todo, su madre lo amaba. No había querido mantenerlo cautivo, sino protegerlo.

Tan aterrorizado como estaba, no reparaba en que su madre no podía saber lo mal que estaba su abuelo, casi como un muerto viviente. Aunque hubiera reparado en ello, no tenía importancia. Ella era la sensata. Sabía que el pasado debía permanecer en el olvido. ¿No había tratado de detenerlo? Park debía agradecérselo.

Quería volverse a dormir, pero la cabeza le daba vueltas y vueltas. No como siempre, imaginando escenas de aventuras y conquistas, sino perdida en una tupida maraña de temores de rostros confusos... Las formas inciertas de los fantasmas... *Aaaah.*

Quizá debiera hacerse el enfermo por la mañana. Se sentía realmente mal. Tenía que recuperar el control de sí mismo. ¿Y si lo había visto alguien?

Sí, *alguien* lo había visto. No podría volver a entrar en la habitación. Nunca vería a Parkington

Waddell Broughton Tercero. Su abuelo se había marchado y había dejado a aquella cosa en su lugar. Los amarillos habían matado a su padre, y algo o alguien incluso más terrible había destruido a su abuelo. En cierta forma (¿cómo?), la culpa era suya. En cuanto se le ocurrió, comprendió que era cierto. Él había acabado con los dos. O había sido Dios, pero, en ese caso, lo había hecho por culpa de Park.

Se exprimió el cerebro para dar con una explicación lógica. Después de todo, era poco más que un bebé cuando murió su padre. No tenía sentido, sin embargo... Lo demostraba la forma en que se comportaba su madre. Ella quería amarlo, lo amaba, Park lo sabía, pero en su interior se encondía la frialdad. Era porque no podía perdonarle lo que él le había hecho a su padre. Y lo que le había ocurrido a su abuelo era consecuencia de lo que él había hecho a su padre. La tristeza había destruido al anciano, la tristeza que le causaba su hijo primogénito. Y, de algún modo, Park tenía la culpa de todo.

¿Cómo podía ser culpa suya? ¿Cómo? ¿Cómo? Era culpa de aquella mujer. Era uno de ellos... Después de todo, a su padre lo mataron en el país de aquella mujer. Era culpa de aquella mujer, no de él. O de Frank. Frank se había quedado en casa, cómodo y seguro, y había dejado que su hermano fuera a la guerra. Después se casó con uno de los asesinos de su hermano. ¿Por qué no podía ser culpa de Frank? ¿Por qué no podía ser culpa de su madre? ¿Por qué no consiguió ella que su padre se quedara en casa? Nadie tenía que cumplir dos turnos de servicio en Vietnam. ¿Por qué le permitió volver otra vez? Si su padre estaba en casa el año que nació él, no había modo de que lo hubieran matado en Vietnam en 1973, a menos que Randy le hubiera dejado marchar. Quizá fuese culpa de su padre. Quizá fue él quien quiso regresar. No. Eso era imposible. La culpa sólo era de Park.

«No quise hacerlo. No quise. No quise.» Se obligó a callarse por si Dios estaba diciendo en aquel momento: «No te preocupes. Todo se arreglará.» Dios sabía que él no había querido hacer lo que quiera que hubiese hecho. «Está bien, Dios. Dame una prueba de que todo se arreglará. De que no me culpas. Por ejemplo, que la señora Davenport entre ahora mismo a ver qué me ocurre.»

Nadie entró. ¡Pero, hombre, si era medianoche! Mala señal. «Pide otra cosa. Por ejemplo, que mi madre llame mañana para preguntar por mí. No. Que sea en cualquier momento del día. No. Mi madre no. Que sea otra persona… Que alguien…, que alguien me diga que todo va bien, y yo sabré de qué se trata.»

Debió quedarse dormido, pues se despertó sobresaltado. ¿Qué hora era? El sol estaba alto, y Zanh sonreía junto a su cama.

—¿Dormir con eso? —dijo poniéndole el dedo en el pecho.

Park tiró de la sábana para asegurarse de que le cubría los delgados pantalones del pijama y después se miró la camiseta. Era la camiseta de los «Amigos del Zoo Nacional», con un gran mono y las siglas de la organización. Gracias a Dios que no estaba desnudo.

—¿Qué haces aquí?

Ella se encogió de hombros.

—¿No se puede tener intimidad en este lugar? —añadió.

Ella volvió a encogerse de hombros.

—Vengo a despertar. Tú tarde.

Park sintió que el frío le golpeaba el estómago.

—¿Dónde está la señora Davenport?

—No sé —respondió—. Puede que con abuelo. (Dijo algo más parecido a «abuilo».)

Así que…, todo marchaba bien, ¿no es eso? No ocurría nada extraordinario.

—¿Está bien? —se atrevió a preguntar.

—No sé. No decirme. Quizá no bien. Ella dijo a Frank que venir.

Se le revolvió el estómago. Nadie podía haberse enterado de lo de anoche.

—¿Cuándo levantarte?

—Cuando salgas —le replicó.

Oh, Dios, ¿qué había hecho?

Zanh apretó los labios, se dio la vuelta con garbo

y salió contoneándose de la habitación. Park esperó hasta que la oyó en el pasillo, saltó de la cama y cerró de un portazo. Comprendió demasiado tarde que no debería haber dado el portazo, pero quizá no se oyera mucho abajo. Quizá apenas si lo habían oído con la pesada puerta de madera cerrada. Se puso los pantalones vaqueros. Le temblaba la mano al subirse la cremallera y no acertaba a abrocharse el botón.

Descendió la escalera. Al llegar abajo, aguzó el oído para captar lo que se decía al otro lado de la puerta. Se oía una voz, la de Frank, pero las palabras le llegaban amortiguadas por la espesa madera. Rodeó el pasamanos. Zanh estaba en cuclillas en el hueco de la escalera. Sonrió.

—¿Por qué espiar? —le preguntó, claramente satisfecha de haberlo sorprendido intentando escuchar a escondidas.

—No estaba espiando —respondió él con un susurro apagado.

Zanh alzó una ceja y volvió a sonreír.

—A mí dar igual —dijo.

Park continuó su camino, atravesó el comedor y entró en la cocina. Aún tenía el plato puesto en la mesa, pero no había comida. Abrió la nevera y miró en su interior, pero no se le ocurría qué podía sacar. No podía pensar en nada.

—¿Tener la cabeza caliente?

Park se volvió sobresaltado.

—No, no tengo la cabeza caliente. Estoy buscando algo de comer.

Vio una manzana, la cogió y cerró la puerta.

—Oh, perdón, don Pingüino —se apartó a un lado—, pero Frank dice que venir al jardín ahora.

Vaaale —mordió desaforadamente la manzana—. Ya voy.

Allí, terminó de arrancar las malas hierbas de los guisantes y, cuando Zanh le hubo explicado una y mil veces cómo eran los tallos de las cebollas, se puso manos a la obra con ellas. Después de todo, lamentó no haberse puesto las húmedas zapatillas de deporte. Los pies se le asaban dentro de las botas de goma, que, además, le rozaban las pantorrillas. El sol le caía como una losa sobre la cabeza, pero no se detuvo, ni siquiera para enjugarse las malditas gotas de sudor que se le metían en los ojos.

—Necesitar sombrero.

Zanh se quitó la gorra de béisbol roja y se enjugó el rostro con ella mientras se le acercaba.

¿Era aquello una prueba de Dios? Probablemente no. Además, Zanh sería pagana…, todos ellos lo eran.

—Estoy bien - –dijo, aunque aquello no le valía a él.

—¿Querer agua?

Zanh cogió una pequeña cantimplora que llevaba al cinto y se la ofreció.

—Vale —dijo Park, dejándose caer al suelo, cansado de estar en cuclillas.

¿Cómo podían pasarse los amarillos horas y horas así? Esperó a que Zanh sacara una taza, pero no la sacó. Desenroscó el tapón de la cantimplora. Bueno, si cogía alguna enfermedad oriental, ¿qué más daba? Ya le había caído una maldición.

> —Se muere, señora Broughton. Me temo que no puedo hacer nada.
> —Oh, doctor, no. Por favor, déjeme hablar con él. Tengo que decírselo.
> —Quizá no pueda oírla.
> —Tiene que oírme. Tiene que saber la verdad. Él no tuvo la culpa. Nadie lo culpa de nada.
> —Ojalá se lo hubiera dicho antes, señora Broughton. Me temo que ahora...

—No seas cerdo. Yo también quiero agua.

Park le pasó la cantimplora y se secó la boca con el dorso de la mano.

Zanh sacó un pañuelo de algodón del bolsillo de los pantalones vaqueros y limpió cuidadosamente el borde de la cantimplora antes de beber un largo trago.

—El abuelo loco hoy —dijo.

Park se puso alerta.

—¿Quién te lo ha dicho?

—Oh, Frank. Él decir a mi madre —añad
bebió otro trago enloquecedoramente largo.

Park apoyó una mano en el suelo para equi
brarse.

—¿Sí? —trató de emplear un tono despreocupado—. Nadie me lo ha dicho.

—¡No decírtelo!

Zanh le lanzó tal mirada de desprecio que Park
tuvo que levantarse para demostrarle quién era
más alto.

—¿Qué quieres decir?

¿Cómo se podrían haber enterado de lo de
anoche?

—Tú un niño. No decir a niños que abuelo loco.
Yo oír.

Park soltó un suspiro de alivio. Quería decir que
no se lo dirían a él, no que nadie estuviera pensando en culparlo.

—¿Qué quieres decir con «loco»?

—Oh, ya sabes, llorar y llorar y llorar todo el
tiempo. Él no hablar, así que decir todo llorando
—soltó una risita—. Como bebé.

—No tiene gracia.

Ella se encogió de hombros.

—¿Y cómo lo sabes? Apuesto a que nunca lo has
visto.

—Yo ver. Cuando venir. Frank traerme. «Esta,
Zanh», decirle, el abuelo viejo llorar, y Frank lle-
varme. Pero... —entrecerró los ojos y le dirigió

mirada traviesa—, pero yo mirar escondida. A
ces ponerlo en silla de ruedas en el porche. Yo
as seto. A veces, también mirar por ventana,
pero el abuelo verme y gritar, y yo correr como
liebre —se rió.

—No deberías hacerlo.

—Frank atraparme. Él también loco.

—No, no digo que no corras, tonta, sino que no
espíes.

—Gustarme —dijo con frialdad.

—Está mal.

—No mal. Querer ver.

—No deberías hacerlo.

Zanh inclinó la cabeza a un lado.

—¿Tú querer ver?

Park sudaba como un pollo.

—Tu abuelo. Verlo.

—No.

—La próxima vez venir a por ti. Nosotros espiar.
Mirar por ventana. Tú y yo. ¿Vale?

—¡No!

—No temas. No morder.

—No temo nada.

—¿Entonces? Vale, yo enseñar. Ir ahora. Mira-
mos por ventana.

—No. Has dicho que hoy no se encontraba bien.

—Él no ver. Nosotros verlo. Venir.

¿Qué podía hacer? La siguió a la casa arrastrándose como si tuviera los pies de plomo, con el cora-

zón golpeándole el pecho. Zanh caminó junto a la valla de madera. *Jupe* se acercó desde el patio corriendo y moviendo el rabo.

—¡Sssss! —lo tranquilizó Zanh.

Abrió la cancela y le indicó a Park con un gesto que la siguiera. En la esquina sur de la casa, el amplio porche frontal formaba un saliente, justo en la ventana del dormitorio de abajo. El saliente tenía arriates con arbustos de mundillo, de flores azules y blancas, tan altos como Park. Zanh lo cogió del brazo para guiarlo entre los arbustos hasta el trozo de porche casi oculto tras ellos. Se agacharon bajo la ventana y esperaron a recobrar la respiración.

Finalmente, Zanh se levantó hasta asomar los ojos sobre el antepecho de la ventana.

—Dormir —dijo en tono de contrariedad.

Si el anciano estaba dormido, no había nada que temer, ¿verdad? Park se levantó. Podía ver la cama. El sol de la ventana se reflejaba en un triángulo metálico que colgaba como un trapecio sobre ella. Y bajo el triángulo yacía un hombre con la cabeza apoyada en una alta almohada, los ojos cerrados sobre una nariz aguileña y la boca abierta. Parecía muerto.

—Vale. Ya lo he visto.

Park se agachó bajo el nivel del antepecho de la ventana. Ella sonrió.

—Tener miedo —dijo.

—¿De qué voy a tener miedo? Creo que más vale que volvamos a trabajar.

Zanh lo siguió hasta el huerto, sonriendo como un farol hecho con una calabaza.

Si no aparecía en el porche a las tres y media, Frank sabría que algo andaba mal.

—Te he echado de menos esta mañana al ordeñar —fue todo lo que le dijo Frank que le diera pie a pensar que algo andaba mal.

—Lo siento.

Park murmuró que se había quedado dormido, a lo que Frank le respondió con un simple gesto de asentimiento, después cogió las llaves del cajón, y partieron provistos de rifle y balas.

¿Se notaría? ¿Temblaría tanto que no lograría darle a la diana, y Frank sospecharía de él...? Pero, milagrosamente, lo hizo igual que el día anterior.

—Ya estás cogiéndole el truco —le dijo Frank cuando logró dos cincos de seis disparos. Frank se aclaró la garganta. Ya estaba cerca. Park, tumbado sobre el estómago, se quedó helado—. Sé que te estarás preguntando por qué no te he llevado aún a ver al coronel —suspiró, y Park, más tranquilo, también—. Yo, bueno, nunca..., nunca sé cómo le van a afectar las cosas. Nunca se puede estar seguro. El primer ataque... Fue pequeño, pero se produjo justo antes del divorcio, y este último...

—¿Divorcio?

Frank se █████████████
altura de la de ████████████

—Lo siento —d████████████
más de la cuenta. Sup████████████
dicho.

—¿Qué me había dicho?████

Park apenas si podía pronunc███

—¿No sabías que tu madre y Pa██
ron?

Park sintió un nudo en la garganta. No p██
ponder aunque le fuera en ello la vida. ¿Divo██
dos? Nunca se le había pasado por la imaginación█
¿Cuándo? ¿Por qué no se lo había dicho su madre?
¿No tenía derecho a saber una cosa así?

—Lo siento —volvió a decir Frank, esta vez en
un tono más afectuoso—. No deberías haberte enterado de esta manera.

No obstante, aquello explicaba ciertas cosas. Si
se habían divorciado antes de que su padre murie-
ra, su madre sentiría su muerte de otra manera,
¿no? Quizá se sintiera culpable. Quizá fuese ella la
culpable.

—¿Va todo bien? —le preguntó Frank.

La culpa era de su madre, no de él. Frank lo
había dicho: *¿Va todo bien?* Era exactamente la
prueba que le había pedido a Dios. Bueno, no
exactamente, pero casi, casi. ¿Divorciados?
¿Cómo se podía estar muerto y divorciado? Si se
moría el marido, ¿no se anulaba el divorcio? ¿O

una confu-

nk lo observaba
ue lo siento, hijo. No
a haber sido yo quien...
y se concentró en descargar
edaban ánimos para disparar la
del lugar ni siquiera pertenecía a su
hijo de divorciados. Ya no tenía pa-
siquiera un padre muerto. Su madre se
encargado de ello. ¿Entonces qué hacía allí?
o era de extrañar que lo tratasen de una forma
tan rara. Aquella no era su casa. Simplemente, habían sido amables al dejarle venir. No lo querían
allí. No eran familiares suyos.

—¿Te encuentras bien?

Park asintió, le entregó el rifle y el proyectil, y
subió al *jeep*. ¿Qué se suponía que debía hacer?

Frank dejó la caja de munición y el rifle en la parte
trasera del *jeep*. Sin decir nada, llevó la diana al cobertizo. Subió al vehículo y lo arrancó antes de volver a
mirar a Park. Le dirigió una rápida mirada al torcer la
cabeza para dar marcha atrás. Puso la primera y se
aclaró la garganta como si fuese a hablar otra vez,
pero no lo hizo. Simplemente, aceleró, y partieron
hacia la casa dando más saltos de lo normal.

Park yacía despierto, con el oído atento. Oía el
chuc chuc chuc chuc del reloj del abuelo en el vestí-

bulo, los ruidos apagados y soñolientos de las vacas, y algún que otro mugido de ternero. Más lejos, los balidos guturales de las ovejas, el cambio de marcha de los camiones en el acceso a la autopista, y el siseo del tráfico. Una vez creyó oír un crujido, como si alguien andara por la casa a oscuras, pero, aunque escuchó atentamente, no volvió a oírlo.

¿Qué haría si volvía a oír los gemidos? ¿Bajar y quedarse mirando al viejo? ¿Correr el riesgo de volver a salir huyendo? ¿Intentar hablarle? ¿Alterarlo una vez más y provocarle otro ataque? ¿Qué se suponía que debía hacer? Quizá Frank intentaba decírselo cuando cometió el pequeño desliz de mencionar el divorcio. Quizá se quedó sin saber lo que tanto deseaba saber por haberse venido abajo al enterarse de la noticia del divorcio.

Pero, ¿por qué se divorció su madre? Había apartado al piloto de sus vidas a propósito. ¿Cómo pudo hacerlo? Park intentó recordar el rostro de su padre. Se concentró en la fotografía, pero todo lo que vio fue el gesto de la cabeza y la gorra torcida; el rostro permanecía borroso, desenfocado. Cerró los ojos con fuerza y trató de ver el nombre de su padre en el granito negro. Levantó la mano derecha en la oscuridad e intentó sentir el calor de la piedra, recuperar aquellos minutos de vida en los que su padre fue para él algo real. Su cuerpo se estremeció al llorar sin derramar lágrimas.

11

El paseo del rey

Plaf. Algo frío y húmedo le golpeó la cara sacándolo del sueño. Naturalmente, Zanh estaba junto a la alta cama, tan pequeña que su rostro apenas si sobresalía por encima de la almohada.

—¡Arriba! —ordenó.

En respuesta, Park le lanzó el trapo húmedo a la cara, pero ella lo esquivó con un ágil movimiento.

—Frank dice que venir a ordeñar.

—Ya voy. ¡Fuera! ¡Lárgate!

—Yo esperar —dijo con remilgo—. Tú dormir más.

—Estoy despierto. No puedo vestirme hasta que no salgas de aquí, demonios.

Sus ojos bailaron maliciosamente.

—¿Por qué?

—Sal de aquí. En serio, y llévate ese trapo asqueroso.

Ella lo miró un momento, disfrutando con la

tomadura de pelo, y después se dio la vuelta y salió de la habitación, dejando el trapo en el suelo y la puerta abierta. Park saltó de la cama y, en dos brincos, lanzó el trapo por la puerta y dio un portazo. Maldición. Aunque el aire matutino era más fresco que otros días, estaba empapado en sudor y se le pegó la ropa al cuerpo cuando se la puso. Al fin estuvo listo. Respiró hondo y exhaló el aire lentamente, intentando calmarse antes de abrir la puerta.

Zanh se había marchado, pero el maldito trapo seguía en el suelo, burlándose de él. Lo pisó al dirigirse a la escalera.

Frank era tan paciente con él que a Park le daban ganas de gritar. No estaba seguro de qué era peor: el descaro de la chica o las tranquilas, pausadas y reiteradas explicaciones de Frank. Los dos decían: Park, tonto, idiota, ignorante.

Habéis deshonrado las leyes de la caballería. Ya no podréis llevar al cinto la espada que blandió vuestro padre, y como habéis demostrado no ser merecedor del noble emblema que luce vuestro escudo, tampoco podréis llevarlo. Y sin escudo ni espada, ¿qué necesidad tenéis de lanza o armadura? Marchaos, ser ruin y despreciable, pues habéis mancillado el honor de la caballería. Marchaos y errad por tierras des-

conocidas, lejos del mundo de la caballero-
sidad y el honor, despojado de todo recuerdo de vuestro noble pasado...

«Me iré a casa hoy.» Lo pensó mientras ordeñaba. No había razón para seguir allí. No lo querían
en aquel lugar. Alteraba al anciano. Aquel lugar
no era de su familia. Era muy sencillo. De repente,
Park se sintió completamente tranquilo. «Puedo ir
andando al pueblo. No queda mucho más lejos que
la boca de metro de casa, y no tengo mucho equipaje. Iré al pueblo y tomaré un autobús a Washington. Tiene que haber por lo menos uno a la hora.»

—Se ha marchado.
—Pero, ¿por qué? ¿Por qué? ¿Por qué
se marcharía sin despedirse, sin que pudié-
ramos agradecérselo?
—Nunca espera a que se lo agradezcan,
lo sabéis. Es un ermitaño. La leyenda dice
que una vez fue el más noble de los caballeros de la Tabla Redonda, pero cometió
un grave pecado...
—Pero, sin duda, habrá purgado su
error hace tiempo.
—Ah, de sobra, y, sin embargo, sigue
cumpliendo su penitencia, haciendo obras
de caridad...

—Quiero que hoy conozcas al coronel —le dijo
Frank tranquilamente desde detrás de su vaca.

—¿Cómo? —Park dio tal respingo que su vaca movió la pata trasera y casi tiró el cubo. Park lo agarró—. ¿Cómo?

—He estado pensándolo —continuó Frank—. Quizá le afecte algo, pero, a la larga, es mejor que te vea. Ha sido un error retrasarlo.

Aaaah.

—Es igual, de verdad —Park comenzó a sudar—. No quiero molestarlo. No me conoce de nada. No estaría bien.

—Bueno, pues tiene que conocerte. Eres su nieto…, su descendiente.

—Pero estoy divorciado. Tú me lo dijiste.

Frank soltó una risita, pero se recompuso immediatamente.

—No fuiste *tú* quien se divorció. Fueron tus padres.

Park se enderezó. Frank no debía tomarle el pelo.

—Lo sé. Pero *esto* es distinto.

—Sólo porque tu madre quiso… Mira, no quiero juzgarla. Tenía sus motivos. Pero eso no te excluye de la familia.

«Podías haberme engañado», pensó Park, pero mantuvo la boca cerrada.

—Ya sé que no te he servido de mucha ayuda.

—Es igual —dijo Park, tirante. «Pero no te burles de mí, ¿vale?», pensó.

Frank se levantó y llevó el cubo a la habitación

del separador. Cuando volvió, se detuvo detrás de Park.

—Iré a la casa después de desayunar.

—¡No! De verdad, no quiero molestarlo.

Frank le puso la mano en el hombro. Si notó cómo temblaba el chico, no lo demostró.

—No te preocupes, todo irá bien —lo tranquilizó.

No había duda. Frank había dicho las palabras. Un día más tarde, pero *Todo irá bien.* ¿Y qué? ¿Qué quería decir Dios? Frank no dijo *Todo va bien*; dijo *Todo irá bien.* Entonces, ¿qué quería decir Dios? ¿Que tuviera paciencia? ¿Que no se marchara hoy? ¿Que debía ir con Frank a ver al anciano? *Aaaah.* No podía. No podía entrar y volver a mirarlo a los ojos.

En cuanto acabaron de ordeñar, Park corrió a su habitación a hacer el equipaje. Tenía una pequeña bolsa de lona y, con todo metido de cualquier manera, no pudo cerrar la cremallera, de modo que tuvo que sacar toda la ropa y doblarla. Le temblaban las manos. ¿Qué hacía con las zapatillas de deporte? No las podía llevar puestas en el autobús. Tenían grandes manchas verdosas y olían mal. Tendría que ponerse los zapatos de cuero, aunque le hicieran daño. Buscó en la habitación un periódico o una bolsa de papel, pero la única señal de que la habitación estaba habitada era su maleta abierta. No había montones de bolsas de la compra ni de periódicos, como en su casa. Quizá habría en la cocina. En el porche trasero, seguro…

—¿Adónde ir?

Se dio la vuelta y vio a Zanh en la puerta.

—¿No puedes llamar antes de entrar?

Ella sonrió traviesamente y golpeó la puerta abierta.

—¿Vale así, Pingüino?

—No. ¿Qué quieres?

—Frank dice que tú venir.

—Estoy ocupado.

Zanh abrió los ojos con fingida inocencia.

—Pero tú conocer abuelo. Frank decir.

—¡Maldición! —exclamó para sí.

—¿Qué?

Park la ignoró. ¿Qué podía hacer? No podía entrar allí. Aquella fiera mirada de dolor… Aquel *aaaah*.

—Tener miedo.

—No.

Se puso las zapatillas de deporte y, sin pararse a hacerse un nudo doble, apartó a Zanh a un lado y salió al pasillo. Frank le esperaba al pie de la escalera, con una sonrisa en el rostro. No tenía escapatoria.

—Buenos días —le saludó Frank como si no lo hubiese visto en todo el día—. Mira, lo he sentado en esta silla. Se me ha ocurrido que quizá quieras llevarlo al porche delantero. Hace un día estupendo, y no le vendrá mal que le dé un poco el aire. ¿De acuerdo?

Park asintió y respiró hondo. Después siguió a Frank hasta la puerta del dormitorio del anciano.

—¿Coronel?

El anciano estaba sentado, con los hombros caídos, en una silla de ruedas. Llevaba una bata de franela de color azul marino sobre un pijama gris, y una manta multicolor le cubría la cintura y las piernas. Tenía la cabeza ligeramente inclinada hacia arriba en un extraño ángulo y miraba a Frank.

—He traído al chico para que lo veas. Al hijo de Park.

Park se heló, esperando que el anciano gritase, pero no oyó nada. Era como si el anciano no viese, como si no entendiera. Tenía los ojos nublados, y los delgados dedos de la mano izquierda acariciaban la manta en un gesto débil e inútil.

—Tu nieto —Park deseó que no lo dijera tan alto—. Tu nieto te va a llevar al porche en la silla para que tomes el sol mientras estás con él. ¿De acuerdo?

El anciano no contestó, ni siquiera asintió ni parpadeó. Quizá... ¿Le quedaba esa esperanza? Quizá el anciano no recordase haberlo visto antes. Sea como fuere, su abuelo no se alteró ni se enfadó al verlo. Frank le indicó con un gesto que se acercara.

Park avanzó un paso en el umbral de la habitación. ¿Qué debía hacer? ¿Decir algo? ¿Estrechar aquella mano derecha rígida como la de un cadáver? ¿Besar la mejilla arrugada? Park se estremeció.

—Hola.

Fue más un gemido que un saludo. El anciano no dio muestras de reconocerlo.

Frank sonrió desde detrás del inválido.

—Ven aquí. Sólo tienes que procurar levantar un poco la silla en las puertas para que las ruedas pasen el umbral.

Empujar la silla fue fácil. El anciano pesaba poco. Frank marchó delante, mantuvo abierta la puerta principal y, después, le dijo a Park dónde dejar la silla y cómo ponerle el freno. Su tío se arrodilló y remetió la manta bajo la cintura, las piernas y los pies del anciano, como si fuese invierno en lugar de una radiante mañana de verano.

—Ya está —dijo sonriéndole al rostro arrugado antes de ponerse en pie. Se inclinó sobre el inválido y le dio una palmadita en las rodillas—. El joven Park te cuidará bien. Te contará cosas de su vida; si necesitas algo, avísame.

¿Cómo iba a avisarle el anciano de nada? Por lo que se veía, no podía ni hacer un gesto, mucho menos hablar. Park esperó hasta que Frank cruzó el jardín y se dirigió a su casa; entonces se volvió hacia el porche y se sentó en el balancín. Desde allí veía el perfil del anciano: la nariz aguileña y la cabeza calva, los hombros caídos, los finos dedos de su mano izquierda acariciando los azules, naranjas y verdes de la manta.

Te contará cosas de su vida. ¿Debería intentar hablar? ¿Podría hacerlo? Tenía la boca seca como una tostada del día anterior y la nariz resbaladiza por el sudor. Se quitó las gafas y se enjugó el rostro con la camiseta. Al volver a ponérselas notó la presencia de los pájaros. Prestó atención. Los oía, pero no los veía. Observó el frondoso arce junto al porche. De vez en cuando, si se fijaba bien, percibía un aleteo. No circulaban automóviles por la carretera que pasaba junto a la casa, pero, si prestaba atención, oía los lejanos ruidos del tráfico en la autopista, aunque el piar de los pájaros y los ocasionales mugidos de las vacas y balidos de las ovejas ahogaban los sonidos de hombres y máquinas. Cansado, se sentía muy cansado. Un teléfono sonó a lo lejos. Oyó a través de las paredes las palabras apagadas de una conversación. La cabeza se le caía, pero la alzó sobresaltado.

¿Se dormía el anciano? Park no estaba seguro. Si el inválido se quedaba dormido, ¿se caería de la silla? ¿Y entonces qué?

Oyó el crujido de una tabla del entarimado del porche tras el columpio. Se dio la vuelta y vio a Zanh de puntillas tras él.

154

—Oh —exclamó, contrariada por haber sido sorprendida—. Verme.

—Sí, te he visto —le respondió Park con la garganta atenazada—. ¿Qué haces aquí?

—Quiero ver a viejo abuelo —susurró, como si conspirasen.

—Vete ahora mismo a tu casa con tu madre.

Ella se alisó el cabello.

—No poder.

—Claro que puedes.

—No poder. Venir bebé.

—¿Ahora? —Park se olvidó de susurrar.

Ella se encogió de hombros.

—Ir a hospital ahora.

En ese momento, Park oyó el ruido del motor de un coche. Después vio que la camioneta daba marcha atrás y giraba para tomar el carril que llevaba a la carretera. Se quedó mirando hasta que la camioneta se perdió de vista tras la primera curva. Se sorprendió al notar que se le aceleraba el corazón. ¿Por qué estaba excitado? ¿O es que estaba asustado?

Zanh lo observaba atentamente. Park se sentó, esperando el comentario jocoso; sin embargo, Zanh dijo:

—No importar —tenía los hombros hundidos y la pequeña mandíbula apretada y recta—. ¡No! —exclamó como si Park hubiese expresado alguna duda—. ¡Ni aunque ser chico!

—¿No?

Park se impulsó con los talones y puso el columpio en movimiento. ¡Vaya con la fierecilla! ¿A quién creía que engañaba? Park se miró las zapatillas (en parte grises de polvo, en parte verdosas), punta, talón, punta, hasta impulsar el columpio con más fuerza. Levantó los pies del suelo. Las cadenas del columpio chirriaban rítmicamente. Quería impulsarse con más fuerza para que no se detuviera el balanceo, pero Zanh se puso en medio.

—Quítate.

—No.

—¿No tienes que trabajar o hacer algo?

—Tú no trabajar.

—Yo estoy… —¿qué estaba haciendo?—. Estoy cuidándolo.

Zanh se encogió de hombros y, evitando el columpio, pasó junto al anciano y entró en la casa. Park oyó que le decía algo a la señora Davenport y, después, débilmente, el ruido de la puerta de tela metálica del porche trasero al cerrarse. Se alegraba de que Zanh se hubiera marchado. Casi podía hacer como si estuviese solo. Una mirada culpable al anciano. No parecía haber cambiado de posición. Sólo el incansable movimiento de los dedos sobre la manta para demostrar que no era una figura de cera. «¿Se dará cuenta de lo que ocurre? ¿Oye lo que decimos? Si al oír hablar de mí se alteró, ¿por qué no se altera ahora? ¿Tiene los ojos cerrados?»

Park se inclinó hacia delante. Sí, su cabeza asentía. Estaba durmiéndose. Park detuvo el columpio con los talones. No quería arriesgarse a despertar al anciano.

Bostezó. Quizá, mientras su abuelo durmiera… Se tumbó y subió los pies al columpio. No le cabían las piernas. Se encogió y dejó que el movimiento de vaivén perdiera fuerza. Las flores desprendían un fuerte aroma, y las abejas zumbaban a pocos centímetros de su cabeza. A lo lejos, en el acceso a la autopista, un camión cambió de marcha.

¿Dónde estaba? Los estrechos listones de madera se le clavaban en la espalda. Se balanceaba; la pintura del techado del porche estaba abultada y se desconchaba por algunos lugares. Se sentó. No tenía ni idea del tiempo que había estado dormido. Puede que ni siquiera se hubiera quedado dormido. O…

La silla de ruedas había desaparecido. Park se puso en pie de un salto y entró corriendo en la casa. La puerta del dormitorio estaba abierta. La habitación se encontraba vacía.

Abrió la puerta del comedor y llamó a la señora Davenport, pero, al entrar en la cocina, se quedó de piedra. La señora Davenport estaba sentada en la mecedora con la cabeza echada hacia atrás, los ojos cerrados y la boca entreabierta. Las labores de punto descansaban en su amplio regazo. Zanh. Era Zanh quien se había llevado al anciano.

Sintiendo que su pánico aumentaba, buscó en el jardín delantero. *Jupe* fue a su encuentro, pero no se veía ni a la silla ni al anciano. Las sillas de ruedas no desaparecen por las buenas. Voló a la parte trasera de la casa. Oh, Dios, ¿qué había hecho aquella chiflada?

Corrió hacia la cancela de la valla.

—¡Quieto! —le ordenó al sorprendido *Jupe*.

Bajó por el sendero, rodeó el gallinero. Allí fue donde los vio. Corrían colina abajo. Zanh llevaba la silla sobre las ruedas traseras, y Park no sabía si la empujaba o la sujetaba desesperadamente. Ya había cruzado la cancela del granero, que estaba abierta contra un lado del cobertizo, y, con el pelo ondeando al viento, bajaba atropelladamente la última pendiente hacia la caseta del manantial.

—¡Para! —gritó Park mientras corría, sin importarle dónde ponía los pies. Zanh lo mataría y él tendría la culpa—. ¡Para, estúpida, no sigas!

Ya fuese porque no quería o porque no podía, no le hizo caso hasta que se detuvo en seco frente a la puerta de la caseta del manantial.

La manta se había soltado y colgaba del regazo del anciano, pero su mano buena se aferraba al brazo de la silla con tanta fuerza que las venas azuladas parecían a punto de estallar. Park los alcanzó, jadeando, con el corazón en la boca.

—¡No puedo creerlo! ¡Estúpida! Loca. ¡Podías haberlo matado!

—Gustarle —le respondió Zanh con la cabeza torcida y las mandíbulas apretadas.

Park observó el rostro del anciano. Tenía la boca torcida en una extraña mueca, los ojos brillantes. Santo cielo.

Le gustaba. El anciano sonreía.

12

La bandada de cuervos

Park bien pudiera haber sido un bloque de hielo. Permaneció allí de pie, pálido y helado, mientras la chica ponía la manta en su sitio, abría la puerta de la caseta y maniobraba la silla hasta entrarla a medias. Llenó el coco de agua y lo llevó a los labios del anciano.

—Toma. Beber —ordenó.

El anciano se inclinó sobre el coco y bebió un largo trago. Cuando alzó la cabeza, el agua le goteaba por la comisura de la boca. Se pasó la lengua por los labios. La sonrisa torcida reapareció.

—¿Más? —le preguntó.

Park no sabía cómo se entendía Zanh con el anciano, si es que se entendía, pero volvió a llevarle el coco a la boca, y el anciano bebió otro largo trago.

—¿Vale? —le preguntó, secándole la boca con su camiseta. Esta vez tampoco pudo percibir Park ninguna respuesta, pero Zanh quedó satisfecha. Empujó la silla hacia atrás hasta sacarla de la caseta y le dio la vuelta—. Bien —le dijo a Park, que aún permanecía entorpeciendo el paso—. Tú empujar ahora. Yo traer hasta aquí.

El camino era empinado, estaba lleno de baches y de piedras, y sembrado de trampas de excrementos de vaca. Las ruedas topaban con las piedras o se hundían en los baches, y Park se las veía negras para empujar al hombre (ya no le parecía que pesara tan poco) y a la silla sobre el obstáculo más pequeño. Zanh brincaba por delante y sonreía.

—Uuuuh, ¿ser mucho para chico grande? ¿No muy Superman?

Amarilla.

—Tienes que ayudarme —le dijo, mirando la cancela y preguntándose cómo se las había arreglado ella para abrirla al bajar.

—Yo hacer antes —le explicó Zanh, leyéndole el pensamiento—. Gustarle carrera larga, ¿verdad, señor abuelo? —agachó la cabeza para ver al anciano asentir—. ¿Ves?, él dice que gustar.

Park sintió que algo explotaba en su interior. No quería ni pensar lo que podía haber ocurrido.

—Ciérrala y ya está, ¿vale?

Ella rió y bailó, pero no tocó la cancela, ni siquiera cuando Park ya la hubo dejado bien atrás.

Tenemos que llevarlo a casa antes de que la señora Davenport... Antes de que Frank...

Invocó el nombre mágico. Zanh volvió corriendo a la cancela, la cerró y la aseguró con el alambre. Park se sintió aliviado y agradecido, pero no iba a decírselo. Después de todo, ¿quién los había metido en aquel lío? Supongamos... No podía quitarse de la cabeza la imagen del viejo lanzado fuera de la silla y aterrizando en un caos de manta y bata sobre el polvo del camino. Oh, Dios. Tenía el rostro empapado en sudor, y las gafas se le escurrían por la nariz. Se las volvió a poner en su lugar de un manotazo.

Park eligió el camino que pasaba junto a los graneros y se mantuvo tan lejos de la casa como le fue posible. Si pudiese llevar al anciano de vuelta al porche sin que el ama de llaves se enterase... Apenas si respiraba mientras daba un rodeo hacia la puerta principal. Si se dirigían al lugar donde se unían el camino de los graneros y el que llevaba a la carretera, sería más fácil empujar. El atajo por la pendiente cubierta de hierba sería una tortura. Park no dejaba de mirar la parte posterior de la casa. Hasta allí, bien.

En la bifurcación, giró hacia la casa. Oyó a su espalda el ruido de un coche que se acercaba por la carretera. Si Frank llegase en aquel momento..., pero no era Frank. El ruido del motor pasó la entrada de la granja y se perdió tras la siguiente colina.

—Deprisa —ordenó con una mezcla de ansiedad y desahogo—, la cancela.

—Tú chico grande. Hacer tú.

No debía perder la calma.

—Necesito ayuda —dijo en un tono despreocupado.

Por el rabillo del ojo, vio su sonrisa de satisfacción. Amarilla. No estaba asustada, y menos aún arrepentida. Estaba totalmente dispuesta a hacer creer a cualquiera que había sido Park quien se había llevado al anciano del porche.

«¡Zanh! ¿Yo? Yo chica pequeña. ¡Yo no empujar silla grande!», diría con los ojos abiertos, con una expresión de asombrada inocencia.

Jupe los esperaba en el jardín, moviendo el rabo.

—Por favor —le rogó Park. Aquello pareció ablandarla, y abrió la cancela. *Jupe* salió y apoyó el hocico en las rodillas del viejo. Para asombro de Park, la mano izquierda, encogida, se movió y le tocó la cabeza al perro. Pero Park no podía esperar—. Lo siento —se excusó ante el hombre y el perro antes de empujar la silla.

Lo logró, aunque le costó trabajo subir el escalón del porche. Empujó hasta sentir que una cinta de dolor le apretaba la frente. Al fin, consiguió subir las ruedas traseras al porche y llevar la silla a salvo al lugar donde la dejó Frank. Le puso el freno y se dejó caer exhausto en el columpio.

Zanh había desaparecido. Cobarde. *Jupe* volvió a acercarse a poner el hocico en la manta. Esta vez, el anciano no hizo ademán de acariciarlo. Su mano izquierda se agitaba. Tenía los ojos desorbitados. Abrió la boca todo lo que le permitía la parálisis, pero, antes de que lanzara aquel terrible gemido, Park voló a la cocina.

La señora Davenport continuaba dormida en la mecedora. El punto se le había caído al suelo.

—Ummm— titubeó Park. Ella se despertó sobresaltada—. Creo que él... —Park hizo un gesto en dirección al porche—. Creo que quiere entrar.

—Bien —tanteó en su regazo y en los alrededores en busca de sus labores, las cogió del suelo e introdujo una aguja en el siguiente punto—. Eres un chico fuerte. ¿Por qué no lo llevas a la habitación mientras yo acabo esta vuelta? —y comenzó a hacer punto con frenesí.

—No puedo —le dijo Park—. Tengo..., tengo que ir al cuarto de baño —y allí se escondió hasta asegurarse de que el porche y el vestíbulo habían quedado despejados.

Era mediodía, y Frank no había regresado del hospital. La señora Davenport telefoneó a la casita del jardín para que Zanh fuera a almorzar con ellos. No respondió.

—Oh, vaya con la niña. No importa. Ya vendrá cuando tenga hambre. Alguna vez tendrá que comer. Pobre Frank. Esa mujer estaba muerta de miedo con la idea de ir a un hospital americano, de modo que Frank no quiere dejarla sola. Lo normal sería que la chica le hiciera la vida más fácil. Para mí que la ha malcriado. No es por criticarlo.

Park no dijo nada, se concentraba en mascar sesenta veces cada bocado. La señora Campanelli, su vecina, se empeñaba en que había llegado a su avanzada edad por mascar sesenta veces cada bocado. Park no se lo creía, pero cuando se tienen que contar los bocados, no puedes preocuparte de mucho más, ni siquiera del sabor.

¿Para qué se quería llegar a viejo si se estaba impedido, inválido o —*aaaah*— maldecido? Mordió con más ahínco el pollo duro. Maldición. O desgracia. No debía darse por vencido. ¿Por qué un caballero que caía en desgracia tenía que meterse a monje? Él debía hacer como los samuráis japoneses, que no se conformaban con meterse a monjes cuando las cosas no les iban bien. Si los expulsaban de su tierra, se convertían en guerreros solitarios que obedecían sus propias leyes y luchaban por su cuenta.

—¿Me escuchas, hijo?

—¿Eh? Es que... ¿Cómo?

—Nuestro paciente, ¿se ha pasado la mañana durmiendo?

—Ummm. Sí, sí. Sí, señora.

Ella agitó la cabeza.

—Más valdría morirnos, ¿verdad? Pobrecillo. En fin, uno de estos días se armará tal lío que todos pasaremos a mejor vida —se levantó y comenzó a

166

limpiar la mesa de la cocina—. Espero que no sea muy pronto.

—Yo lavaré los platos —se ofreció Park para callarla.

—Ah, bien —ella dejó la pila de platos y se secó las manos—. Estupendo. Eres un chico muy amable. Iremos a la habitación a ver si…, si necesita algo antes de que me eche a dormir la siesta. Gracias. Eres un encanto.

Las llaves estaban en el fondo del cajón más cercano al fregadero. Park se las guardó y lavó los platos. Más tarde, cuando se aseguró de que la señora Davenport estaba en su habitación con la puerta cerrada, se deslizó hasta el porche trasero y cogió el rifle.

Fue una larga caminata hasta el prado. Park estaba cansado por los acontecimientos de la mañana; aun así, se sentía mejor que nunca. Por una vez en su vida, actuaba por su cuenta y riesgo. Arrastró fuera del cobertizo la bala de paja con la diana, la situó sobre el pequeño promontorio y se tumbó boca abajo frente a ella.

Las ovejas, que se apartaron unos metros cuando llegó al prado, se volvieron a mirarlo. Park recordaba haber oído que las ovejas eran los animales más estúpidos de la creación, pero no parecían estúpidas. Mirándole por encima de sus hocicos, parecían inteligentes, astutas. Estúpido, ¿quién crees que eres?

—¡Eeeh! —exclamó, agitando el brazo—. ¡Fuera!

Las ovejas se alejaron unos metros a la izquierda empujándose unas a otras y, después, se volvieron de nuevo a mirarlo. Park centró su atención en el arma. Qué mirasen. No le importaba. Se llevó la culata de nogal al hombro, quitó el seguro. Con la mandíbula apretada, guiñó el ojo izquierdo y apuntó cuidadosamente al centro de la diana. Apretó el gatillo. Se oyó un *clic*. Lo volvió a intentar. Otra vez el inútil *clic*. Había olvidado cargarla.

Beeee, baló una oveja con su elegante hocico. Park se puso de rodillas para sacar la caja de munición del bolsillo del pantalón. La estúpida oveja lo miraba con la boca entreabierta. Park le dio la espalda mientras cargaba el arma. Cuando volvió a tumbarse, la oveja había perdido el interés.

Una vez más, quitó el seguro, apuntó cuidadosamente y disparó, pero le temblaron las manos. La bala pasó a varios metros de la diana. Con el *plam* del rifle, las ovejas levantaron la cabeza y galoparon en masa colina abajo hasta perderse de vista. Antes de cargar de nuevo, Park esperó a que la confusión de los cencerros se redujera a algún aislado y sordo *clanc*.

Se hizo una gran quietud. Oía el zumbido de los insectos en la hierba. Permaneció inmóvil, con el arma apretada contra el hombro, como si sacara fuerzas de la madera. Dejó que la quietud de la

tarde penetrara en su cuerpo enervado. Hacía mucho tiempo que no sentía tanta paz.

En aquel momento, una bandada de cuervos rompió el silencio, graznando mientras se abalanzaban a la tierra, donde discutieron por algo que uno de ellos había encontrado tras la bala de paja. Park bajó el cañón. Eran unos pájaros grandes. Y muy seguros de sí mismos. Una junta de jefes de estado mayor, cada uno convencido de ser el único que tenía razón.

—¡Nooo! —oyó a su espalda.

Zanh se abalanzó sobre él y le cogió el brazo. El arma se disparó. Se produjo un tumulto de graznidos y aleteos. Los cuervos emprendieron el vuelo en airada confusión.

Todos menos uno.

—¡Matar! —gritó Zanh, levantándose y corriendo hacia el pájaro abatido—. ¡Matar! ¡Asesinar!

Park se puso en pie. No era posible. Apenas si era capaz de darle a una diana de un metro. ¿Cómo podía matar un cuervo de un solo disparo con un anticuado rifle del veintidós? Zanh tenía la culpa. Se había abalanzado sobre su espalda y le había cogido el brazo. Él no tuvo intención de disparar a los pájaros. Era cierto. Estaba seguro.

—Venir —le ordenó Zanh con voz temblorosa—. Ver lo que has hecho. Matar.

Aunque sabía muy bien que el rifle estaba descargado, Park se detuvo a comprobar que la recámara estaba vacía antes de dejarlo sobre la hierba.

—Decir que vengas —insistió Zanh, y comenzó a llorar con rabia.

Park se acercó arrastrando los pies. El cuervo estaba tras la bala de paja, boca arriba y con las alas extendidas, entregado. Tenía la cabeza torcida hacia el ala derecha, y su ojo izquierdo, desorbitado, les dirigía una mirada enloquecedora. ¿Dónde había visto aquella mirada? *Aaaah*.

¿Qué había hecho? Matar era muy fácil. No debería ser tan fácil. Se hacía incluso sin querer, y no había forma de arreglarlo.

Las lágrimas brotaron de sus ojos. Zanh no debía verlo llorar. Se volvió a enjugarse el rostro; entonces, cuando se estaba quitando las gafas, Zanh se abalanzó sobre su espalda y lo derribó a la tupida hierba. Le inmovilizó el cuerpo y comenzó a golpearle la espalda, llorando y gritando.

—¡Asesino! ¡Asesino! ¡Maldito asesino!

Park trató de levantarse. Era más fuerte que ella, pero no conseguía quitársela de encima. Cuando logró girar lo suficiente para cogerle el brazo derecho, ella acercó la cabeza al suyo y le hundió los dientes en la muñeca. Park lanzó un aullido de dolor.

—¡Ah! —gritó Zanh—. Ahora sentir, ¿no?

Se inclinó para volverle a morder. Park le soltó el brazo y giró para quitársela de encima. Antes de haberse puesto en pie, Zanh se abalanzó sobre su pecho. Park le dio una bofetada.

—¡Ah! ¡Ahora pegar a chica! ¡Chulo!

—Me has mordido, maldita sea. Muérdeme otra vez y sabrás lo que es un buen bocado —Park le cogió las muñecas y se las apretó con fuerza—. Ya puedes ir rezando para que no se me hayan roto las gafas.

Retorciéndole los pulgares con un rápido movimiento, Zanh logró zafarse de él. Park vio el desprecio en sus ojos. Ella se levantó despacio.

—Dejarte —dijo—. Aunque asesino, no ser nada —escupió en la tierra, junto al hombro izquierdo de Park—. No pelear con alguien que no ser nada.

Cogió las gafas de Park y se las arrojó; después recogió la gorra y se la encasquetó en la cabeza.

Zanh tenía razón. Su irritación se convirtió poco a poco en tristeza. Se puso las gafas. Apenas si se habían doblado. Tenía razón. A pesar de sus pomposos sueños, no era nadie. Esperó a que Zanh desapareciera al otro lado de la colina antes de ponerse en pie.

El cuervo. Tendría que enterrarlo, esconderlo, hacer algo. No podía dejarlo en medio del prado con una bala en el…

Se obligó a volver a acercarse al cuervo. No se veía nada de sangre. ¿Los pájaros sangraban, no? Claro que sangraban. ¿Dónde estaba la sangre? Le apretó el cuerpo suavemente con la punta verdosa de la zapatilla.

Entonces vio la sangre. No mucha, sólo un poco donde el pájaro debería tener la pata.

Pobre pájaro. Por algún motivo, parecía más horrible aún morir con la pata cortada que con un limpio balazo en el corazón. Era una forma de morir estúpida, absurda.

—Lo siento mucho —le dijo al pájaro—. No quise hacerlo. Lo juro.

Un momento. ¿Veía visiones? Otro débil aleteo. Sí. Contuvo la respiración. Estaba seguro… Sí, sí. Se estremecía. No mucho, pero sí que se movía. No lo había matado.

Era una prueba. Una prueba del cielo. Dios decía: «Vale». Todo iría bien.

—¡Zanh! —chilló—. ¡Vuelve! ¡Vuelve! ¡Está vivo!

13

El otro lado de las tinieblas

Zanh no volvió. Quizá no lo oyó. No importaba. Se lo diría, pero primero debía poner el pájaro a salvo. Se quitó la camiseta y la extendió en el suelo. El pájaro torció la cabeza hacia él y trató de picotearle inútilmente. Park le metió las manos bajo el cuerpo con cuidado y lo puso en la camiseta. Después envolvió al pájaro en ella y lo llevó con precaución al granero.

El cuervo revivía en sus manos y trataba de picotearle cada vez con más fuerza a través de la camiseta.

—Así, hombre. Así. Defiéndete. ¡Ay!

El cuervo siguió debatiéndose, pero Park lo apretó, clavó los codos y los antebrazos en las balas de paja apiladas en el viejo granero se encaramó lo más alto que pudo. Dejó al cuervo envuelto en la camiseta sobre la última bala de paja que alcanzó.

—¿Bien? —preguntó a aquellos ojos de mirada

airada y penetrante—. ¿Te pondrás bien? —alargó la mano para destaparlo, pero la alejó bruscamente del pico, que ahora tenía más fuerza—. Volveré —le prometió—. Voy a buscar ayuda.

—No —le dijo la señora Davenport—, Frank ha llamado y ha dicho que vendrá a ordeñar las vacas, así que no creo que lo veamos antes por aquí. ¿Por qué?

—Oh. Por nada —la señora Davenport no era de las personas a quienes se podía contar lo del rifle y el cuervo—. ¿No ha visto a Zanh?

—No, no la hemos visto, y tampoco estamos muy contentos con esa jovencita. Tiene a Frank muy preocupado —pareció mirar a Park de repente—. ¿Dónde tenemos la camiseta?

—Tengo calor —le respondió, sonriendo débilmente—. Hace... Hace mucho calor ahí fuera. ¿Voy a buscar a Zanh?

—Buen chico. La llamamos por teléfono a casa de Frank y no respondió.

No estaba en el invernadero. La buscó en los graneros, llamándola y subiendo a las pilas de balas de paja. *Psss. ¡Psssss!* Retrocedió. El gato estaba arqueado, preparado para saltarle a la cara si daba otro paso hacia su camada.

—Lo siento —murmuró, después sonrió por excusarse ante un gato.

Tampoco estaba en ningún cobertizo, así que fue

a la casita del otro lado del jardín. Zanh podía estar en su casa y no responder al teléfono. Cuanto más lo pensaba Park, más se convencía de que no lo haría. Cualquier noticia que le dieran sería mala para ella.

La casa parecía una caja cuadrada, con un paramento de aluminio. Era de una planta y tenía a la entrada un pórtico cubierto más que un porche. Una casa de aparceros. Park llamó a la puerta. No respondieron. Volvió a llamar. Si Zanh no había respondido al teléfono, tampoco estaría muy dispuesta a abrir la puerta. Llamó una vez más. Después giró el pomo.

Dentro hacía fresco y estaba oscuro. Las cortinas estaban echadas para evitar la entrada del sol.

—¡Zanh! —la sala estaba atestada de pesados muebles viejos que debían proceder de la casa grande. En una pared había una librería que llegaba al techo, tan abarrotada como un tren de cercanías a la salida del trabajo. Aparte de los libros, la casa parecía desierta. Había tanto silencio, que Park oía el tictac de un reloj que no veía. Se adentró un paso en la habitación—. ¡Zanh! Soy yo, Park.

No obtuvo respuesta. Escuchó atentamente. Zanh podía estar observándolo en ese momento sin que él lo supiera. En la casa flotaba un aroma extraño. Era un aroma que le recordaba algo. Entonces se acordó. Los refugiados que vivieron unos años antes en su mismo bloque de apartamentos. El aroma de sus comidas apestaba todo el edificio. Era una especie de salsa de pescado.

Cruzó la sala hacia una puerta batiente situada en la pared de la izquierda y la abrió unos centímetros. El olor se intensificó. La cocina. A pesar del olor, la cocina estaba limpia y ordenada. Se preguntó cómo podría aguantarlo Frank. ¿Comía esos platos? Dejó que la puerta volviera a su sitio. No tenía tiempo para especulaciones.

Una segunda puerta daba a un estrecho pasillo. Al mirar, Park vio dos puertas a cada lado, cerradas.

—¡Zanh! —volvió a llamar—. Soy yo. Necesito que me ayudes.

Es seguro que si hablaba en tono humilde...

No le respondieron. Abrió la primera puerta de la derecha. Era un armario. La de la izquierda era el cuarto de baño. Caminó por el pasillo con la sensación de ser un ladrón. Ojalá respondiera. La casa empezaba a darle miedo.

Giró el pomo de la segunda puerta de la derecha. Era un pequeño dormitorio en el que se apretaban una cama doble, un tocador de caoba grande, una cuna, un tocador pequeño y una mesita. Volvió a cerrar la puerta. No era probable que Zanh estuviera escondida entre las cosas del bebé.

Sólo quedaba una puerta. Tenía que ser la suya. Llamó. No le respondieron.

—¡Zanh! —abrió una rendija—. ¿Estás ahí? Tengo que decirte algo. Sobre el pájaro —siguió sin obtener respuesta. Avanzó un paso. Había una estrecha cama contra la pared de la derecha. La colcha blanca caía almidonada y lisa hasta el suelo. A la derecha de la cama había una minúscula mesilla de noche; a la izquierda, un pequeño tocador de arce con un paño blanco de ganchillo. En el dormitorio reinaba un orden casi desagradable; lo único que sugería que pertenecía a una niña era un osito marrón de peluche. Pero incluso el osito le evocó a Park algo triste que no logró identificar. Y, sí, en la mesilla de noche había una extraña y anticuada lámpara infantil. Rodeó la cama para observarla. Una lámpara en forma de huevo con la bombilla en la parte superior. Era muy rara. Probablemente darían mucho dinero por ella en las tiendas de antigüedades y trastos de la capital.

Entonces vio lo que el huevo le ocultaba al mirar desde la puerta. Era un pequeño marco con una fotografía. No era una fotografía borrosa, sino una hecha en un estudio barato con un fondo pintado de montañas y árboles. En el centro se veía a una pareja: una joven sonriente con la cara de Zanh, pero más alegre y satisfecha, y, rodeándola con el brazo, un piloto de pelo oscuro que reía a carcajadas y llevaba la gorra inclinada con garbo.

Temblando, Park la cogió. Pero, en ese momen-

to, una mano salió disparada bajo la cama y le agarró el tobillo. Park cayó de bruces al suelo. Las gafas no se le cayeron, pero la fotografía salió volando de sus manos y se estrelló contra el suelo acompañada de un chasquido.

La cabeza de Zanh apareció tras la colcha almidonada.

—¿Qué hacer aquí? —le preguntó.

—¿Qué haces tú?

—Mi habitación —respondió. Entonces vio la fotografía. Se deslizó fuera de su escondite y la cogió. Una larga raja la cruzaba desde los bosques de la parte inferior hasta las montañas de la parte superior y partía en dos los cuerpos de los jóvenes, que seguían sonriendo como si nada hubiera ocurrido—. ¡La fotografía de Zanh! —gritó—. Tú romper. Asesino.

—Sólo es el cristal —la tranquilizó—. Te compraré uno nuevo.

Zanh se balanceaba sobre sus talones, con la fotografía apretada contra el pecho.

—Asesino —lloraba—. Matar pájaro. Ahora, la fotografía de Zanh.

Tenía que andar con precaución. Estaba muy cerca, y si la asustaba o enfadaba…

—Zanh —le dijo en voz baja y temblorosa—, ¿quién es el hombre de la fotografía?

Ella la abrazó con más fuerza.

—No ser asunto tuyo.

Ojalá…

Volvió a intentarlo, empujando las palabras por el nudo que se le había subido del estómago a la garganta.

—¿Dónde conseguiste la fotografía? Dímelo, por favor.

—No robar.

—Claro que no. ¿Te la ha dado tu madre o Frank?

—Frank no — dijo enfadada—. Frank no gustar. Él no dice, pero Zanh saber —sonrió débilmente, como si en aquel momento le satisficiera la idea de disgustar a Frank.

—Por favor, dime dónde has conseguido la fotografía —le rogó, aunque sabía que, con Zanh, era una táctica errónea.

—No —le contestó—. Tú asesino.

—No maté al pájaro — dijo con mansedumbre—. Vine a decírtelo. No está muerto, pero tendremos que cuidarlo. Está herido.

Zanh le dirigió una mirada recelosa.

—¿Qué decir?

—Lo dejé en el granero. Liado en la camiseta —se miró el pecho desnudo. ¿No era una prueba de que decía la verdad?—. Y después he venido a buscarte.

—¿No mentir?

Levantó la mano derecha.

—Te lo juro.

Zanh se levantó y dejó la fotografía, pasándole el dedo a la raja como si quisiera alisarla y graduando la inclinación del marco para asegurarse de que la dejaba en la posición exacta.

—¿Por qué quedarte quieto como una piedra? ¡Deprisa!

Corrieron. Zanh corría más rápido que él y saltó la cancela más pequeña como si fuera un mono, pero a Park ya no le importaba su torpeza. Cuando corrían a la altura de la caseta del manantial, Park iba sin aliento y le agradeció a Zanh que se desviara hacia allí.

—Esperar —le ordenó. Park se detuvo jadeando en la puerta mientras ella entraba. Salió con la media cáscara de coco llena de agua—. Él necesitar —dijo. Para no tirar el agua, continuaron caminando hasta el prado.

El cuervo los miró con recelo cuando subieron la escalera que formaban las balas de paja.

—Tranquiiilo, pajarito —lo arrulló Zanh—. Tranquiiilo. Traer agua. ¿Ver? —apartó un poco de paja frente al pájaro y puso el coco en la pequeña hondonada, acercando y alejando las manos en un baile exótico para evitar el pico del pájaro enfadado—. Beber. Beber —le decía—. Bien. Bien —el pájaro renunció a su frenético ataque, levantó la cabeza y la miró. Los chicos se quedaron inmóviles y contuvieron la respiración. Al fin, el cuervo torció su brillante cuello negro hacia el coco, metió el pico y levantó la cabeza para tragar—. Buen chico —lo animó Zanh—. Buen chico.

Permanecieron inmóviles mientras el pájaro hundía el pico en el agua tres o cuatro veces más, giraba la cabeza al lado contrario y descansaba el pico en el buche.

—Bien —susurró Zanh—. Ahora, dormir.

Park sintió que la tensión de su pecho se relajaba. Alargó la mano para tocar las plumas de ébano.

—No tocar —le aconsejó Zanh en voz baja, cogiéndole el brazo con una mano fría—. Puede hacerte daño.

Park asintió, tragando saliva.

Ella le soltó el brazo y retiró el coco con un rápido movimiento. Sin decir palabra, bajaron y salieron del granero. Zanh sonreía.

—No morir —dijo.

—Esta noche traerle comida y más agua.

Park asintió. Al llegar al manantial, entraron en la caseta. Zanh llenó el coco de agua, se lo ofreció a Park con solemnidad y, después, bebió ella sin limpiar el borde. Parecía el momento adecuado.

—Zanh.

—¿Sí?

—La fotografía. ¿Es de tu padre?

—¿Por qué preguntar si es mi padre?

—Porque creo que…, creo que el hombre de la fotografía es mi padre.

Zanh lo miró por encima del coco, desconcertada.

—¿Qué nombre tu padre? —preguntó.

—Park. Parkington Waddell Broughton Cuarto.
Ella se sentó en el borde de la pileta.

—¿Así llamarse tu padre?

—Sí —respondió, sentándose a su lado—. Mi
padre. ¿No te dijeron cómo se llamaba tu padre?

—Sólo llamar «Padre» —agitó la cabeza—.
Mamá siempre decir: «Algún día, algún día. Decir
a Zanh algún día.» Pero no decir nada. Decir que
ahora Frank es mi padre. Pero yo guardar foto. En
Saigón. En barco. Sin nada que comer. Pero siempre guardar foto. Sin agua. Hasta con disparos.
Dos, tres años en campo. Siempre, siempre, desde
pequeña, guardar foto. Yo creer que algún día encontrarlo.

Su rostro se ensombreció, pero no lloró. «Es
fuerte, como mi madre», pensó Park.

Mi vida se extinguió dos veces antes de morir. Su
madre lo sabía. Park se estremeció. Lo supo siempre. Aquella niña pequeña y morena, de pelo recio
y grasiento bajo la gorra roja inclinada a un lado,
era el motivo de la separación, la causa de la tristeza y del tormento de su madre, la herida que no
había cicatrizado en todos aquellos años. Park creyó que era la muerte lo que no podía perdonar, y
resultaba que era la vida.

—Está muerto —dijo Park en voz baja.

La chica asintió con la cabeza, los ojos clavados en los remiendos de las rodillas de sus pantalones vaqueros.

—Creer posible. Decirme: «Vale, Zanh, nuevo país, nuevo padre. Pero... —se le estremeció la voz—, pero Frank tener bebé. Quizá chico. No querer niña tonta...; niña tonta, ni suya —y dejó escapar un suspiro largo y tembloroso.

Permanecieron sentados en silencio en la fresca penumbra de la caseta; sus cuerpos se rozaban. Park deseaba que Randy la conociera. Quizá... De repente, ella se volvió a mirarlo.

—¿Qué decir de tu padre? ¿Tu padre en la foto de Zanh?

—Sí. Creo que sí —observó aquel pequeño rostro bronceado, los ojos alegres y traviesos, la estúpida gorra de béisbol colocada siempre en el mismo ángulo—. Estoy seguro —rectificó—. Puedes preguntarle a Frank, pero estoy seguro de que tenemos el mismo padre.

Ella se levantó con una mano en la cintura y con el coco en la otra.

—Entonces ya tener un *hirmano*. No preocuparme bebé. Tener un *hirmano* gordo y tonto toda mi vida.

—Eso es lo que intentaba decirte.

—¿Nosotros *hirmanos*? ¿Tú y yo? —lo miró desde arriba—. No oír locura mayor —agitó la cabeza, incrédula.

—Lo juro —le dijo Park—. Yo tampoco podía creerlo. Pero ahora estoy seguro.

—¿Y tener el mismo abuelo?

—Y el mismo cuervo.

—Estar loco —le dijo, arrojándole el resto del agua a la cabeza. A Park le sentó bien que el agua le corriera por el cuello acalorado—. Oh, Dios mío —exclamó—. Olvidar ordeñar. Más vale ir. Frank nos matará.

Park se sacó del bolsillo las llaves del armero.

—Zanh. El rifle. Tengo que volver. Me lo he dejado en el prado.

—No preocuparte, *hirmano*. Después. Tú y yo coger. Frank no enterarse —y agitó en el aire la pequeña mano, desdeñando las preocupaciones de Park.

14

La hermandad del Grial

Frank ya se encontraba ordeñando. Zanh se llevó un dedo a los labios y le indicó a Park con un gesto que la siguiera a la habitación del separador. Andaba de puntillas, y las sandalias de goma chasqueaban en sus talones cobrizos. Le indicó que cogiera una banqueta y un cubo mientras ella hacía otro tanto, y, aun de puntillas, entró en el establo.

—No hace falta que andes de puntillas —dijo Frank—. Ya me he dado cuenta de que no estabas aquí.

Puede que quisiera decirlo como una broma, pero el tono era afilado.

Park se preguntó si debía decir algo. Pensó unas cuantas frases. ¿Cómo va eso? ¿Ha nacido ya el niño? ¿Cómo está tu mujer? ¿A que no sabes lo que ha pasado hoy cuando tú no estabas?

—Tengo que volver inmediatamente al hospital.

Quiero que les deis de comer a los cerdos, ¿de acuerdo?

—De acuerdo. No preocuparte.

—Si llaman de la lechería les decís que les llevaré la leche de camino al hospital. Se lo he dicho a la señora Davenport por si llaman a la casa grande. También le he dicho, Zanh, que duermas allí esta noche. Ya está todo arreglado, así que no rechistes.

—Vale, vale. No rechistar. Uuuh. Rascar.

Si Frank oyó su queja, la ignoró.

—Y haz el favor de comerte la cena. No te vas a morir por comerte una noche lo que te prepare.

—¿Quién sabe? Podría morir.

—Y sé educada.

—Vale, vale. Nosotros angelito. Nosotros ayudar a mamá y al bueno de Frank. Ponernos la servilleta en las piernas. No dar patadas a la mesa. No ponerle salsa de soja a nada —Park tuvo que apretar la cara contra el flanco de la vaca para no reírse de su imitación de la señora Davenport—. Comernos las verduras. Comernos la carne. Ni siquiera saber qué cosa carne y qué cosa verdura. Nosotros comer. Ñam, ñam. Gracias, señora Davenport. Muy rico. Qué cena tan deliciosa…

—Ya está bien, Zanh. Es suficiente. Pórtate bien, ¿de acuerdo?

—¿Pedirle a ella que se porte bien?

—Por favor, Zanh. Ayúdame esta noche, ¿vale?

Están ocurriendo muchas cosas. No tengo ni idea de cuándo volveré…

—¿Estar bien mi mamá? —dijo de repente con voz seria y algo temblorosa.

—Los médicos dicen que va muy bien, aunque está tardando más de la cuenta. Estoy seguro de que todo saldrá bien. Pero no quiero que se preocupe pensado que te estás portando mal.

Aquella vez no hubo una respuesta picante. Park escuchó entre el ruido de la leche cayendo en los cubos medio llenos, el incansable silbido de los rabos de las vacas y los golpes sordos de sus pezuñas. ¿Lloraba Zanh? No estaba seguro. Frank debería tener más paciencia. No debía desahogarse con ella.

Durante la cena, estuvo muy callada. Una vez, cuando la señora Davenport se marchó a la cocina, Park miró su plato y susurró:

—¿Qué cosa carne? ¿Qué cosa verdura?

Ella sonrió débilmente.

—Perdón —dijo cuando los platos estuvieron razonablemente vacíos—, tener que ir a por el pijama.

Park dio un salto.

—Te ayudaré —se ofreció. Tanto la señora Davenport como Zanh lo miraron sorprendidas—. Traeré la maleta o lo que sea —dijo, sintiéndose un poco tonto.

—Tú madre está bien. Estoy seguro —consoló a

Zanh mientras rodeaban el huerto camino de la casita.

—¿Tú creer?

—Oh, estoy seguro. Los niños siempre tardan en venir.

—No siempre. Yo ver en campo. Pum. Como si nada.

—Siempre se tarda más en el hospital.

—¿De verdad? Parecer una locura.

—Sí, lo sé. Pero es así.

Zanh se detuvo y lo miró.

—Me parece que tú no saber nada de nacer niños. Sólo hablar. ¿Verdad?

—Bueno, creo que no debes preocuparte. Frank está nervioso porque es su primer hijo. Él tampoco sabe nada.

—Hombres —dijo ella, agitando la cabeza y reemprendiendo la marcha hacia la casa—. Todos los hombres que conocer, locos. A veces, también Frank.

Zanh abrió la puerta y encendió la luz. Park la siguió al interior. ¿Se habría llevado Frank allí todos los libros de la otra casa? Era una familia de locos. Ella tenía razón. Libros, vacas y guerras. No parecían encajar.

—¿Puedo usar el teléfono?

Zanh hizo un gesto en dirección a la cocina.

—Tú llamar por teléfono. Yo coger maleta gigante, demasiado pesada para pobrecita Zanh

—dijo, desapareciendo por el pasillo hacia su habitación.

—¿Mamá?

—Un momento, por favor —la telefonista irritante—: ¿Acepta una llamada de...?

—Sí, la acepto. ¿Pork? ¿Qué ocurre? ¿Estás bien?

—Muy bien. Pero necesitaba... —¿por dónde empezar?—. Mamá, ¿por qué no me dijiste que tú y papá os divorciasteis?

—Iba a decírtelo.

—Bueno, ya es un poco tarde. Mamá, no es algo de lo que te guste enterarte por alguien a quien apenas conoces y que resulta ser el hermano de mi padre, aunque no tuviera ni idea de que existía...

—No debes culpar a Frank —¿quién culpaba a Frank? Maldición—. No es culpa de Frank. No es divertido ir por la vida tragándote los líos de los demás.

—¿Eso es lo que piensas de Zanh?

—¿Qué?

—*Qué* no, mamá, *quién.*

—Oh, Pork. ¿Te dijo Frank que...?

—No, lo averigüé yo solo.

El suspiro familiar.

—Pensó que yo lo entendería —al principio, Park creyó que se refería a Frank; después comprendió que hablaba de su padre—. Me habló de..., de aquella mujer que vivía allí. Supongo que deseaba que le dijese que no me importaba. Que no tenía nada que ver con nosotros. Pero sí me importaba, Park. No podía fingir… —se calló un momento—. Como no pude…, supongo que la palabra *perdonarlo,* aunque eso suena como si me creyera Dios, que no me lo creí nunca… En fin, como no pude… No lo entenderías, aún eres muy joven, nunca has amado a nadie como yo… Él era toda mi vida.

Park esperó. Quería decirle que no se preocupara. Quería evitarle el sufrimiento, pero no lo hizo. Simplemente esperó, callado, hasta que ella prosiguió.

—En fin, como no pude…, como no pude entender por qué hizo aquello, se volvió. Y entonces murió —el tono de su voz había subido. Park no quiso imaginarse su rostro, sus ojos—. No me dio una segunda oportunidad. Murió.

—Pero te divorciaste de él antes.

—Oh, hijo, trata de entenderlo. Tenía que vivir mi propia vida. No podía depender… No podía permitirle…, no puedo permitirle a nadie que lo sea todo en mi vida —volvió a callarse. Park no sabía si lloraba—. En fin, supongo que pensé que me detendría.

En ese momento, Zanh entró en la habitación, empujando la puerta batiente con el cuerpo.

—Tengo que colgar —le dijo Park—. Gracias por… —¿por qué quería darle las gracias?

—Nunca he entendido por qué Frank la dejó venir aquí. ¿No había hecho ya suficiente daño? No puedo entenderlo. Y encima se casa con ella, por el amor de Dios. ¿Por qué lo haría?

—No lo sé, mamá —respondió.

Zanh metió la cabeza en la nevera y comenzó a coger cosas. Le metió algo en la boca. Era una especie de rollito de primavera. Frío, pero no sabía mal.

—¿Estás bien, hijo? —le preguntaba su madre.

Park se sacó el rollito de primavera de la boca.

—Sí, mamá, estoy bien. ¿Y tú?

—Me pondré bien. Y, Park… — lo llamó por el nombre de su padre.

—¿Sí, mamá?

—Tengo ganas de verte. Te echo de menos.

—Yo también te echo de menos —le dijo en el mejor tono que pudo adoptar.

A las nueve sonó el teléfono. Estaban viendo la televisión en el comedor. La señora Davenport los miró esperanzadamente, primero a Park y luego a Zanh.

Se levantaron los dos.

—Yo contestar —dijo Zanh. Park se acercó uno o dos pasos a la cocina, aguzando el oído. Sí, al parecer ya había nacido—. Vale. Vale —repetía Zanh—. Vale. Estupendo. Bien. Sí, yo bien. Vale. Claro. Vale.

—¿Y bien? —le preguntó Park cuando colgó.

—*Hirmano* —musitó ella—. Ahora dos *hirmanos* gordos y tontos.

—¿Quién era? —gritó la señora Davenport—. ¿Tenemos noticias?

—Es un niño —dijo Park.

Esperó hasta estar seguro de que la señora Davenport se quedó dormida. Entonces salió de puntillas del dormitorio y se dirigió a la habitación donde dormía Zanh. La llamó en voz baja:

—¡Zanh!

Ella abrió de inmediato.

—Vale —dijo—. Ya he cogido pan y hamburguesa. Le gustan las hamburguesas.

No dijo cómo lo sabía, pero Park no estaba en situación de discutir. Nunca había tratado a ningún cuervo.

Al final de la escalera, Park dirigió una mirada inquieta a la habitación de la señora Davenport.

—No preocupar —susurró Zanh, alzando las cejas—. Dormimos como tronco.

Bajaron de puntillas la escalera y, cuando estaban a punto de abrir la puerta que daba al porche trasero, oyeron un golpe sordo y unos pies arrastrándose. Zanh le lanzó a Park una mirada interrogadora.

—El abuelo —susurró Park—. Creo que intenta caminar por las noches.

—Oh, Dios mío —exclamó ella.

Prestaron atención un momento. Ahora, además del ruido de los pies arrastrándose, oían un débil llanto.

—Llorar —musitó Zanh.

Park asintió. Antes de que pudiera abrir la boca para protestar, Zanh ya había entrado en la habitación.

—Hola. No llorar. Llevarte a pasear. ¿Vale? —empujó la silla de ruedas hasta situarla tras el anciano—. ¡Ayudar! —ordenó a Park con un fuerte susurro.

El anciano parecía tan sorprendido como Park, pero se dejó caer pesadamente en la silla que Zanh le había puesto detrás. Park cogió la bata y, levantando a medias al anciano, se la puso y lo volvió a sentar en la silla.

—Mover cosa —dijo Zanh, echando a Park a un lado al tiempo que cogía el manillar y le indicaba que apartara el andador.

—Espera un momento, Zanh. Tengo que abrigarlo.

Park cogió la manta de un sillón, le ató el cinturón de la bata y le cubrió las piernas antes de apartar el andador y despejar el camino de la puerta.

Recorrieron el pasillo y cruzaron el porche trasero.

—¿Y *Jupe?* —siguió susurrando Park—. ¿Ladrará? —ella se encogió de hombros, así que Park se asomó por la puerta de tela metálica y lo llamó en voz baja—: *Jupe.* Ven *Jupe* —vio venir al perro bajo la luz de la luna—. Vale, está aquí. Bien. Ahora vamos a darle la vuelta a la silla para bajar el porche. Yo la cogeré por detrás, que pesa más.

Park cogió el manillar y Zanh por el reposapiés, y se las arreglaron para bajar el porche sin hacer movimientos bruscos.

—¿Bien? —le preguntó Zanh al anciano.

Park giró la silla y comenzó a empujarla hacia la verja. Una vez fuera del jardín, Zanh volvió a intentar hacerse con el mando de la silla.

—Gustarle más rápido —dijo—. ¿No querer más rápido?

—No —le contestó Park—. Esta noche, no. Está muy oscuro. Tenemos que fijarnos en el camino.

—Gallina —dijo Zanh afectuosamente, se encogió de hombros para excusarse ante el anciano y, después, con *Jupe* jugueteando entre sus piernas, se adelantó brincando.

Cuando la pendiente se hizo más pronunciada, Park tuvo que sujetar la silla con fuerza para que no se le escapara cuesta abajo. Bajo la luz de la luna, tenía la sensación de que seguían unas sombras mágicas. Se preguntó si el anciano también sentía el encantamiento.

Al llegar a la cancela, Zanh se encontraba allí, sujetándola para que pasaran.

—Yo hacer esto —le dijo—: buscar agua, llevarla a cuervo y traer rifle. Tú esperar en manantial, ¿vale?

Park se sintió aliviado al comprobar que Zanh no esperaba de él que empujara la silla colina arriba y abajo hasta el prado, pero... ¿esperar solo con el viejo? Su corazón comenzó a acelerarse. Se pasó la lengua por los labios.

—Vale —contestó—. Bien.

Jupe miró a la chica y después a la silla, como si estuviera decepcionado. Al ver que Zanh se marchaba y ellos se quedaban, dio un gemido de alegría y corrió tras ella.

Ahora si que estaban los dos solos. Park giró la silla para que el anciano pudiera ver la luna y le puso el freno. Iba a sentarse en la hierba, pero estaba húmeda, así que se sentó en cuclillas, como Zanh, a unos metros de la silla. La manta se había soltado en el camino cuesta abajo. Se acercó, se agachó frente a la silla y la remetió bajo las piernas del anciano.

—Aaaah.

No podía echar a correr. Se le paró el corazón, pero se forzó a mirar el rostro arrugado. A pesar de las sombras, le pareció ver lágrimas.

—Aaaah.

—¿Qué te ocurre? —logró preguntarle—. ¿Te duele algo?

La mano izquierda salió como una garra bajo la manta y se acercó a él. Park se contuvo para no acobardarse y retroceder. El anciano le pasó el dorso de la mano por la mejilla y la dejó caer. Haciendo un esfuerzo, volvió a alzar la mano. Park sintió la mano fría y blanda acariciarle el rostro varias veces.

—Aaaah.

El anciano movió la mano pesadamente de la mejilla de Park a su propio pecho.

—Sí —le dijo Park, comprendiendo de inmediato—. Park. Quieres decir Park. Yo soy Park y tú eres Park. A eso te refieres, ¿no?

Su abuelo movió ligeramente la cabeza torcida, como si asintiera, y después volvió a acariciarle la mejilla y a llevarse la mano al pecho, exhalando un débil *aaaah* cada vez que repetía el movimiento.

—Sí, los dos somos Park.

¡Park lo entendía! Aunque no mantuviera una conversación, sí estaba, al menos, estableciendo contacto con su abuelo. Deseaba estrechar aquellas manos arrugadas y abrazar aquel cuerpo decrépito. De repente, el brazo marchito se levantó hacia el cielo.

—¡AAAAAAH! —sollozó el anciano—. ¡AAAA-AAAH!

El brazo cayó exánime a un lado de la silla. Ahora sí que veía Park las lágrimas.

—¿Qué te ocurre? —Park también lloraba—. ¿Qué te ocurre? ¿Lo echas de menos? ¿Es eso? —pero el dolor que veía en sus ojos reflejaba algo más que añoranza.

—No llores, por favor, no llores.

Park se abrazó a sus rodillas. El llanto no decreció.

—¿Qué te ocurre? —se levantó y le cogió la cara

entre las manos. Las lágrimas de su abuelo le humedecían los dedos. Sus propias lágrimas también le corrían por las mejillas y se estancaban en sus gafas. Las dejó correr—. ¿Qué te ocurre? Dímelo, por favor —le rogó. Al mirarle los ojos, vio en ellos los ojos de su madre y los suyos, como en un espejo. Así que era eso—. Piensas que lo mataste —le dijo Park en voz baja—. Crees que es culpa tuya.

Notó que la cabeza de su abuelo se movía adelante y atrás entre sus manos. Asentía.

Park le soltó la cara y lo abrazó con fuerza, mientras los dos lloraban como niños que al fin regresaban a los brazos de sus madres.

—¡No estar! —gritaba Zanh mientras se acercaba corriendo por el camino, agitando la camiseta de Park sobre la cabeza—. ¡No estar!

—¿Ha muerto? —no, el cuervo no. Ahora no—. ¿Qué ha sucedido?

—Nada —gritó—. Nada. ¡Salir volando!

Zanh le lanzó la camiseta al pasar corriendo junto a ellos hacia el manantial. Cuando salió de la caseta, llevaba el coco con las dos manos, lleno hasta rebosar de agua fresca y pura.

—Ahora todos beber —ordenó.

Cogieron el Santo Grial, retiraron el paño y bebieron del vino sagrado. Y a todos aquellos que los vieron les pareció que, al unirse en la hermandad del Grial, sus rostros se iluminaron con una luz que no era de este mundo.

ÍNDICE

1. Parkington Waddell Broughton Quinto . . 13
2. El corazón de las tinieblas 28
3. La piedra negra 43
4. El criado 52
5. El regreso del joven señor 64
6. El reto del desconocido 76
7. El castillo maldito 89
8. En el manantial 103
9. A las armas 115
10. El caballero andante 130
11. El paseo del rey 148
12. La bandada de cuervos 161
13. El otro lado de las tinieblas 174
14. La hermandad del Grial 187

AUSTRAL JUVENIL

El libro de bolsillo para los lectores jóvenes.

ÚLTIMOS TÍTULOS PUBLICADOS

Joan Manuel Gisbert
100 **La mansión de los abismos**
Ilustraciones: Juan Ramón Alonso

Gudrun Mebs
101 **Papá de Pascua**
Ilustraciones: Rotraut Berner

Annemie Heymans
102 **El mundo de Inés**
Ilustraciones de la autora

Beverly Cleary
103 **Ramona y su madre**
Ilustraciones: Alan Tiegreen

Hanna Johansen
104 **Félix, Félix**
Ilustraciones: Käthi Bhend

Josef Čapek
105 **Ocho cuentos del perrito y la gatita**
Ilustraciones: Francisco Meléndez

William Camus
106 **El gran miedo**
Ilustraciones: Carlo Wieland

Elias Lönnrot
107 **Allá donde la luna de oro**
Versión libre de Joaquín Fernández
Ilustraciones: Araceli Sanz

Miquel Obiols
108 **Guillermina gggrrr...**
Ilustraciones: Marta Balaguer

Carmen Santonja y Juan Carlos Eguillor
109 **Mermelada de anchoas**
Ilustraciones: Juan Carlos Eguillor

Iris Grender
110 **Rosa sigue contando**
Ilustraciones: Tony Ross

Christine Nöstlinger
111 **El fantasma de la guarda**
(Premio Andersen, 1984)
Ilustraciones: Vivi Escrivá

Catherine Storr
112 **Más historias de Poli y el lobo**
Ilustraciones: Karin Schubert

Jan Mark
113 **No hay por qué asustarse**
Ilustraciones: David Lavedán

Walter Wippersberg
114 **La bruja de Julia**
Ilustraciones: Werner Maurer

Annie H. G. Schmidt
115 **Mila y Yaco**
(Premio Andersen, 1988)
Ilustraciones: Karin Schubert

Katherine Paterson
116 **La búsqueda de Park**
Ilustraciones: Shula Goldman

Gianni Rodari
117 **El libro de los errores**
(Premio Andersen, 1970)
Versión castellana: Mario Merlino
Ilustraciones: José M.ª Carmona

Lois Lowry
118 **Anastasia tiene problemas**
Ilustraciones: Gerardo R. Amechazurra

Philip Curtis
119 **Los afilacerebros amenazan a la Tierra**
Ilustraciones: Tony Ross

Beverly Cleary
120 **¡Viva Ramona!**
Ilustraciones: Alan Tiegreen

Rosemary Wells
121 **La puerta oculta**
Ilustraciones: Araceli Sanz

Iris Grender
122 **¿Te he contado mi cumpleaños?**
Ilustraciones: Tony Ross

Manuel Alfonseca
123 **La aventura de sir Karel de Nortumbría**
Ilustraciones: Jorge Artajo

Lois Lowry
124 **¿Quién cuenta las estrellas?**
(Medalla Newbery, 1990)
Ilustraciones: Juan Carlos Sanz

Annie M. G. Schmidt
125 **Los inseparables Mila y Yaco**
(Premio Andersen, 1988)
Ilustraciones: Karin Schubert

Ursula Wölfel
126 **La carta de la suerte**
Ilustraciones: Juan Ramón Alonso

Barbara Williams
127 **Michi y su nueva familia**
Ilustraciones: Emily A. McCully

Mirjam Pressler
128 **Sólo hay que atreverse**
Ilustraciones: Eulalia Sariola

Jaime Siles
129 **El gliptodonte**
Ilustraciones: José M.ª Carmona

Hanna Johansen
130 **Historia del pequeño ganso que no era bastante rápido**
(Premio Gráfico Feria de Bolonia, 1990)
Ilustraciones: Käthi Bhend-Zaugg

Hugh Lofting
131 **El jardín del doctor Dolittle**
Ilustraciones del autor

Pat Ross
132 **La casa encantada de Marta y María**
Ilustraciones: Marylin Hafner

Lois Lowry
133 **Anastasia elige profesión**
Ilustraciones: Gerardo R. Amechazurra

Luis Jiménez Martos
134 **Leyendas andaluzas**
Ilustraciones: Shula Goldman

Christine Nöstlinger
135 **El abuelo misterioso**
(Premio Andersen, 1984)
Ilustraciones: Juan Carlos Sanz

Hugh Lofting
136 **El doctor Dolittle en la Luna**
Ilustraciones del autor

Walter Wippersberg
137 **Max malapata**
Ilustraciones: Susann Opel

Mouloud Mammeri
138 **Cuentos bereberes**
Ilustraciones: Eulalia Sariola

Pat Ross
139 **Marta y María sueñan con la fama**
Ilustraciones: Marylin Hafner

Nortrud Boge-Erli
140 **Blanca Vampiruchi**
Ilustraciones: Michael Géréon

Colin Thiele
141 **El faro de Hammerhead**
Ilustraciones: Julia Díaz

Betsy Byars
142 **Las preguntas de Bingo Brown**
Ilustraciones: Constantino Gatagán

Renate Welsh
143 **Melania y la fórmula mágica**
Ilustraciones: Esther Berdión

Empar de Lanuza
144 **Cinco corrupios al mes**
Ilustraciones: Valentina Cruz

Emilio Teixidor
145 **Federico, Federico, Federico**
Ilustraciones: Juan Ramón Alonso

José Luis Velasco
146 **El manuscrito godo**
Ilustraciones: José M.ª Álvarez

Barbara Williams
Los descubrimientos de Michi
Ilustraciones: Emily A. McCully

Wolfgang Ecke
148 **El rastro de «el Caracol»**
Ilustraciones: Emilio Urberuaga

Hedi Wyss
149 **El viaje de Tina en globo**
Ilustraciones: Juan Carlos Sanz

Beverly Cleary
150 **Trotón, mi perro**
Ilustraciones: Paul O. Zelinsky

Gabriela Mistral
151 **Ronda de astros**
Ilustraciones: Luis de Horna

Betsy Byars
152 **Bingo Brown y el lenguaje del amor**
Ilustraciones: Constantino Gatagán

Juan Farias
153 **El grumete**
Ilustraciones: Esther Berdión

Fran Leeper Buss/Daisy Cubias
154 **El viaje de los gorriones**
Ilustraciones: Julia Díaz